LUCIAN GEOFROY

MEI VEIADO

POÉSIES PROVENÇALES

AVEC LA TRADUCTION FRANÇAISE EN REGARD
ET LA PHOTOGRAPHIE DE L'AUTEUR

PARIS

DUMOULIN, LIBRAIRE-ÉDITEUR

13, QUAI DES GRANDS-AUGUSTINS

1869

MEI VEIADO

MES VEILLÉES

LAGNY. — IMP. DE A. VARIGAULT.

LUCIAN GEOFROY

MEL VEIADO

POESIES PROVENÇALES

AVEC LA TRADUCTION FRANÇAISE EN REGARD,
ET LA PHOTOGRAPHIE DE L'AUTEUR.

PARIS

DUMOULIN, LIBRAIRE-ÉDITEUR

13, QUAI DES GRANDS-AUGUSTINS.

1869

A MOUN PAIRE

Te counsacri moun libre, o paire!
— Ah! perqué sian tant escarta! —
Es tout moun bèn; o, li ai bouta
Tout moun cor, tout moun saupre-faire.
Velou! Li ai samena de flour;
D'espino, las! ni a de brassado!
Li ai mes lou fru de mei pensado;
Li ai ploura... saupras mei doulour!

Lucian GEOFROY.

A MON PÈRE

O père, je te consacre mon livre. — (Ah! pourquoi
sommes-nous si éloignés!) — C'est tout mon bien; oui,
j'y ai mis — tout mon cœur, tout mon savoir. — Le
voilà! J'y ai semé des fleurs; — hélas! il y a des bras-
sées d'épines! — J'y ai mis le fruit de mes pensées; —
j'y ai pleuré.... tu connaîtras mes douleurs!....

Lucien GEOFROY.

AVANS-PREPAUS

———

Ni en a qu'atrouvaran belèu pretencious de bouta uno prefaço en tèsto d'un pichot voulume de pouesìo; e pamens es sènso ges de pretencioun qu'escrìvi aquesto.

Vèni pas faire l'apoulougìo de mei vers, nimai soun proucès : siéu pas proun vanitous pèr n'en dire de bèn, e siéu trop bon paire pèr lei matrassa. E pièi es au publi que revèn lou dre de lei juja, e noun me vòli mescla dins seis afaire.

Alouro me diran : Perqué uno prefaço?

Perqué?... Sariéu belèu empacha de poudre lou dire; a mens que siégue pèr la simplo resoun qu'avèn uno lengo poudènt articula de paraulo, ajusta de mot, trigoussa d'idèio; que lou parla es un besoun de nòsto naturo, coumo lou béure e lou manja; que l'òme lèisso raremen escapa l'óucasioun de dire soun sentimen sus touto causo, e que lou prouvèrbi dòu sage « escouto e taiso-te » es gaire mes en pratico de nòste tèms.

AVANT-PROPOS

———

D'aucuns trouveront peut-être prétentieux de placer une préface en tête d'un petit volume de poésies; et c'est cependant sans prétention aucune que j'écris celle-ci.

Je ne viens faire ni l'apologie ni le procès de mes vers; je ne suis pas assez vain pour en dire du bien, et je suis trop bon père pour les maltraiter. Au reste, c'est au public qu'appartient le droit de les juger, et je ne veux pas me mêler de ses affaires.

Alors, me dira-t-on, pourquoi une préface?

Pourquoi?.... Il me serait peut-être difficile de pouvoir le dire; à moins que ce soit par la simple raison que nous avons une langue pouvant articuler des sons, lier des mots, brasser des idées; que parler est un besoin de notre nature, comme boire et manger; que l'homme laisse rarement échapper l'occasion de dire son avis sur toute chose, et que le proverbe du sage : « écoute et tais-toi » n'est guère mis en pratique de nos jours.

Belèu bèn qu'es a-n-aquéu besoun qu'oubeìssi.

Mai es-ti pas lou pu noble dei besoun naturèu, e aquéu que diferencìo lou mies l'òme de la bèsti? Fau dounc leissa ei charraire touto sa liberta, leis escouta se dison quaucarèn de bon, se trufa d'elei se conton que de baliverno.

Adounco, pièique vèni d'establi moun dre de charradisso, permetès-me de me n'en servi. Avès aquéu de vous tapa leis auriho se moun paraulis a la malochanço de vous desplaire.

E que sujet pòu mies counveni a-n-un auditòri prouvençau senoun sa lengo naciounalo? N'en vòli pèr provo que lou long trefoulimen qu'a courrigu dins tout lou Miéjour a la voues de quauquei felibre acampa sus lei ribo dóu Rose pèr reviéuda la Muso de Prouvènço despièi trop de tèms desendraiado.

Es que nòste parla es uno musico que pren eisadamen toutei lei ton, que s'assouplis a toutei lei mode: fièr, nervous, terrible, esclatis coumo la voues dóu graile que sòno lei coumbat, o rounflo coumo lou Mistrau dins la ramo dei pin; amistadous e linde, plouro coumo lei tuièu d'un orgue, o canto d'amourousei cansoun, coumo aquelei que l'aureto murmuro a l'auriho dei margarideto dei prat,

Tambèn, quau es l'enfant de la Prouvènço que noun àgue senti boulega soun cor en ausissènt, luèn de soun terraire, la douço parladuro de sa jouinesso?

E pamens noun siam toutei d'acord, nous autre

Peut-être est-ce à ce besoin que j'obéis.

Mais n'est-il pas le plus noble des besoins naturels, et celui qui différencie le mieux l'homme de l'animal ? Il faut donc laisser toute leur liberté aux causeurs; les écouter s'ils disent quelque chose de bon, se moquer d'eux s'ils ne content que des sornettes.

Ainsi, puisque je viens d'établir mon droit de causerie, permettez-moi d'en user. Vous avez celui de boucher vos oreilles, si mon bavardage a la mauvaise chance de vous déplaire.

Et quel sujet peut mieux convenir à un auditoire provençal que sa langue nationale ? Je n'en veux pour preuve que le long tressaillement qui a parcouru tout le Midi à la voix de quelques poëtes assemblés sur les rives du Rhône pour faire renaître la Muse de Provence, depuis trop longtemps dévoyée.

C'est que notre langage est une musique qui prend aisément tous les tons, qui s'assouplit à tous les modes : fier, nerveux, terrible, il éclate comme la voix du clairon qui sonne les combats, ou gronde comme le Mistral dans les rameaux des pins; affectueux et doux, il pleure comme les tuyaux d'un orgue, ou chante d'amoureuses chansons, comme celles que la brise murmure à l'oreille des marguerites des prés.

Aussi quel est l'enfant de la Provence qui n'ait senti battre son cœur en entendant, loin de son pays, le doux parler de sa jeunesse?

Et cependant nous ne sommes pas tous d'accord, nous,

1.

Prouvençau, sus l'aveni de nòsto lengo, sus la ne-
cessita de sa counservacioun.

Ni en a que dison :

« Pople de Prouvènço, counsèrvo lou parla de tei
rèire ; changes rèn a teis us encian ; gardo tei vièio
cresènço. Que besoun as d'uno autro lengo que la
tiéuno ? Canto lei Nouvè de Sabòly entour de Cacho-
fuè ; lei cansoun de tei troubadour de-long la draio
flourido que l'on ségue, a dous, lou matin. Quand vos
parla francés te descares, te rèndes redicule. Manjo,
béu, canto e fai l'amour. Toun terradou es lou pu bèu
de la Franço, e te pòrje a bel èime tout ce que reclamon tei besoun. Que pos desira de mai ? »

A-n-acò d'autre respondon :
« Lei bèsti tambèn manjon, bevon e fan l'amour,
e n'an besoun de rèn d'autre. Mai lei bèsti sorton dei
man de la Naturo eme l'estin necessari a sa counservacioun, a toutei sei besoun. D'aquéu caire l'òme es
fòrso pu mau louti qu'elei ; mai jouïs d'uno facòuta que
pau-a-pau l'enauro e duèrbe un abime entr'éu e l'animau : la facòuta de s'estruire, de s'aproupria lei couneissènço de sei davanciè, et de n'en relargi lei baso
au mouien de nouvelei descubèrto que lou besoun de
saupre, que li es naturèu, lou pousso sèmpre a
recerca. En un mot, l'animau rèsto tau que la

Provençaux, sur l'avenir de notre langue, sur la nécessité de sa conservation.

Les uns disent :

« Peuple de Provence, conserve le parler de tes ancêtres ; ne change rien à tes vieux usages ; garde tes vieilles croyances. Quel besoin as-tu d'une autre langue que la tienne ? Chante les Noëls de Saboly autour du caché-feu [1] ; les chansons de tes troubadours le long du sentier fleuri que l'on suit à deux le matin. Lorsque tu veux parler français, tu perds ta physionomie, tu te rends ridicule. Mange, bois, chante et fais l'amour. Ton terroir est le plus beau de la France, et te donne à souhait tout ce que réclament tes besoins. Que peux-tu désirer de plus ? »

A cela d'autres répondent :

« Les animaux aussi mangent, boivent et font l'amour, et n'ont besoin de rien autre. Mais les animaux sortent des mains de la Nature avec l'instinct nécessaire à leur conservation, à tous leurs besoins. En cela l'homme est bien plus mal doté qu'eux ; mais il jouit d'une faculté qui peu à peu l'élève et creuse un abîme entre lui et l'animal : la faculté de s'instruire, de s'approprier les connaissances de ses ancêtres, et d'en élargir le champ au moyen de nouvelles découvertes, que le besoin de savoir, qui lui est naturel, le pousse toujours à rechercher. En un mot, l'animal reste tel que la

_____

(1) Bûche de Noël,

Naturo l'a fa, e l'òme sèmpre prougrèsso. Adounco, vouié que lou pople de Prouvènço chànge rèn eis us de sei paire; vouié li leissa que sa lengo, qu'a ges d'autro literaturo que lei Nouvè e lei cant d'amour de sei troubadour, es vouié l'abeissa eternamen; es vouié lou leissa en fòro d'ou mouvimen literari, artistique et souciau de soun epòco; es vouié qu'eternamen arpatege dins la nuè; es vouié lou desgrada, lou faire descendre au nivèu de la bèsti.

« An, Prouvènço! desbarragno tei gòrgo que se li passe a l'aise! Leisso toun pople se freta 'me sei vesin, dégue sa parladuro s'avani! Es d'ou fretamen que jisclo la belugo, e, sènso fuè, li a ges de vido poussiblo. »

Vaqui coumo se charro de caire e d'autre.

Aro voulès que vous semoundi moun avis? Me semblo que de chasque caire se méte lei causo au pièje. Coumo lei proumié, atrouvariéu ges de mau que la Prouvènço counservesse sa lengo mounte soun pople se moustro tant òuriginau, ton beluguet. Li lengo soun lou proudut dei besoun e de l'ingèni dei raço mounte se soun fourmado, toutei an sa resoun d'èstre. Lou francés, gréu e mesura, noun bastarié a l'esperit proumt d'ou Mièjour, a la vivacita de soun san. Aquelei finalo muto, que s'atrovon dins lei tres quart de sei mot, sèmpre entravarien lou besoun d'espandimen que

nature l'a fait, et l'homme progresse sans cesse. Or,
vouloir que le peuple de Provence ne change rien aux
coutumes de ses pères; vouloir ne lui laisser que sa
langue, qui n'a d'autre littérature que les Noëls et les
chants d'amour de ses troubadours, c'est vouloir l'a-
baisser éternellement; c'est vouloir le laisser en dehors
du mouvement littéraire, artistique et social de son
époque; c'est vouloir qu'il patauge éternellement dans
la nuit; c'est vouloir le dégrader, le faire descendre au
niveau de l'animal.

« Ainsi, Provence, déblaye tes gorges, pour que l'on
y passe facilement! Laisse ton peuple se frotter à ses
voisins, dût sa langue disparaître! C'est du frottement
que s'échappe l'étincelle, et, sans feu, il n'y a pas de
vie possible. »

Voilà ce que l'on dit de part et d'autre.

Maintenant, voulez-vous que je vous soumette mon
avis? Il me semble que de tout côté on pousse les
choses à l'extrême. Comme les premiers, je ne verrais
aucun mal à ce que la Provence conservât sa langue,
dans laquelle son peuple se montre si original, si sémillant. Les langues sont le produit des besoins et du
génie des races chez lesquelles elles se sont formées;
elles ont toutes leur raison d'être. Le français, grave
et mesuré, ne suffirait point à l'esprit prompt du Midi,
à la vivacité de son sang. Ces finales muettes, que l'on
rencontre dans les trois quarts de ses mots, entrave-
raient sans cesse le besoin d'épanouissement que

douno nòste souléu. Li a trop de sàbo souto la coudeno
prouvençalo pèr pousqué fourça lei bouco a se barra
en charrant. Coumo lei flour de soun campèstre, de
longo dubèrto ei rai d'un souléu sèmpre caud, la
Prouvènço a besoun, pèr espandi sei voues, dei son
plen e esclatissènt de sa richo parladuro. E pièi coumo voulès que lou roussignóu abandoune soun cant
naturèu pèr prendre lou charrun d'óu lucre?

Mai de nòste tèms de routo se duèrbon de tout caire;
de ligno de fèrre se desroulon dins toutei leis encountrado coumo lei countour encapricia d'un riau sènso
fin. Sus d'elei passon, prumto coumo d'uiau, aquelei
grèvo machino, empanachado de fum, qu'aduson de-
longo, en pertout, de nouvellei caro, de nouvellei couneissènço, et, a sa sueito, de besoun nouvèu. A-n-aquéu
fretamen qu'a ges de cèsso, lei modo naciounalo se
gausisson, leis us loucau dispareisson, lei lengo méme
perdon chasque jour soun óuriginalita. Deja, dins uno
partido de la Prouvènço, nòsto parladuro tant armouniouso se viro au franchiman, e, se noun se li pren
gardo, devendra dins pau de tèms un patoues ridicule e
groussié.

En efet, qu'arrivarié se leissavian avani nòste parla?
Lou francés prendrié-ti sa plaço? Noun lou cresi.
Lou pople finirié per se faire un jargoun coumo
aquéu dei couscrit o dei paisan deis entour de la Capitalo. Qu'aurié-ti gagna a-n-aquéu chanjamen? Iéu
me sèmblo que vau mies que lou pople parle

donne notre soleil. Il y a trop de séve sous le cuir
provençal pour pouvoir forcer les lèvres à se fermer en
parlant. Comme les fleurs de ses champs, sans cesse
ouvertes aux rayons d'un soleil toujours chaud, la Provence a besoin, pour épanouir ses voix, des sons pleins
et éclatants de son riche dialecte. Et puis, comment
voulez-vous que le rossignol abandonne son chant
naturel pour prendre le gazouillement du tarin?

Mais, de nos jours, des routes s'ouvrent de tout côté ;
des lignes ferrées se déroulent dans toutes les contrées
comme les capricieux méandres d'un ruisseau sans fin.
Sur elles passent, promptes comme des éclairs, ces lour-
des machines aux panaches de fumée, qui apportent sans
cesse, partout, de nouveaux visages, de nouvelles connaissances, et, à leur suite, des besoins nouveaux. A ce
frottement incessant, les modes nationales s'usent, les
usages locaux disparaissent, les langues mêmes perdent
chaque jour leur originalité. Déjà, dans une partie de
la Provence, notre dialecte si harmonieux tend à se
franciser, et, si l'on n'y prend garde, il deviendra sous
peu un patois ridicule et grossier.

En effet, qu'arriverait-il si nous laissions disparaître
notre langue? Le français prendrait-il sa place? Je ne
le crois pas. Le peuple finirait par se faire un jargon
semblable à celui des conscrits ou des paysans des en-
virons de la capitale. Qu'aurait-il gagné à ce change-
ment? Il vaut mieux, ce me semble, que le peuple parle

un bon prouvençau que d'estroupia un marrit francés. D'aqui que l'estrucioun siègue respendudo jusqu'au founs dei bòri, acò sara moun sentimen.

Ato pièi, se saup que trop, lou francés es une lengo
maleisado. Mount'es l'óme que lou parlo puramen ? Se
dis méme qui lì a pas un academician que l'escriéugue
sènso fauto. Coumo voulès que lou pople n'en fàgue sa
lengo, eme lei mouièn d'estrucioun qui li leisson sei
lesi ? Espinchas ce qu'es arriva dóu latin, qu'èro tambèn uno lengo maleisado, parlado per lei patrician e lei
bourgés rouman (es a dire per aquelei qù'èron proun riche pèr paga soun estrucioun) e matrassado pèr lou pople : Quand la Gaulo, bonadi la divisioun qu'eisistavo
entre sei diversei naciounalita, fougué soumesso a
Roumo, la lengo latino li fougué impóusado ; mai lou
pople noun se soumeté a-n-aquel ordre; lou poudié
pas. Ce qu'arrivé chascun lou saup : Lou latin, que
(se fau n'en crèire quauquei lenguiste que noun fauton
de bono resoun) aurié agu pèr cepo la lengo dei Gau
nòstei rèire, vengué se foundre dins aquelo mémo
lengo, e, d'aquéu mesclugi, sourté la lengo roumano,
de mounte se soun fourma lou prouvençau, lou francés
e lei lengo parlado dins lou miéjour de l'Uropo.

Ansino arrivarié dóu francés s'atravessavo lei
memei faso. Sei règlo soun tant coumplicado que
jamai lou pople poudrié lei reteni. Leissen dounc a
la lengo de *Corneille* touto sa gràci e touto sa nou-
blesso, e fourcen pas nòstei paisan de l'estroupia.

un bon provençal que d'estropier un mauvais français. Jusqú'à ce que l'instruction soit répandue jusqu'au fond des chaumières, ceci sera mon avis.

Eh ! on ne le sait que trop, le français est une langue difficile. Où est l'homme qui la parle purement? On dit même qu'aucun académicien ne l'écrit sans fautes. Comment voulez-vous que le peuple en fasse sa langue avec les moyens d'instruction que lui laissent ses loisirs? Voyez ce qui est arrivé du latin, qui était aussi une langue difficile, parlée par les patriciens et les bourgeois romains (c'est-à-dire par ceux qui étaient assez riches pour payer leur instruction), et estropiée par le peuple : quand la Gaule, grâce à la division qui existait entre ses différentes nationalités, fut soumise à Rome, la langue latine lui fut imposée ; mais le peuple ne se soumit point à cet ordre; il ne le pouvait pas. Ce qui arriva, chacun le sait : le latin qui (s'il faut en croire quelques linguistes qui ne manquent pas de bons arguments), aurait eu pour fondement la langue des Gaulois nos ancêtres, vint se fondre dans cette même langue, et, de ce mélange, sortit la langue romane d'où se sont formées le provençal, le français et les langues parlées dans le midi de l'Europe.

Ainsi en adviendrait-il du français s'il traversait les mêmes phases. Ses règles sont si compliquées, que jamais le peuple ne pourrait les retenir. Laissons donc à la langue de Corneille toute sa grâce et toute sa noblesse, et ne forçons point nos paysans à l'estropier.

Vous dirai eme lou troubaire Mistrau : « Leissen i car-
delino e leissen i cigalo sa naturello cantadisso, et
l'aguen pas coumo li bedigas qu'em'uno serineto aprenon
li calandro a canta faus ! » Leissen a la Prouvènço sa
lengo armouniouso; es proun bello pèr pas être des-
degnado, e se sei mounumen literàri se bornon a pau
près ei cant de sei troubadour, meriton pamens que se
li rènde justici.

Mai d'un autre caire siéu d'acord eme lei segoun :

Uno lengo qu'a pas un monumen literàri serious
noun póu pretèndre de sourti de soun abéissamen. De
cant d'amour et de Nouvè noun bàston pèr faire parti-
cipa un pople au prougrès que se fai a soun entour, e,
se sa lengo noun li porge aquelo ressourço, es néces-
sàri que la cèrque dins uno autro que la siéuno.

Paris es lou toumple que retiro de-vers éu toutei lei
celebrita que crèisson en prouvinço, que lei despatrìo e
lei fa siéuno. Eme lou quart d'au tribut qu'a paga a la
Capitalo en òme celèbre, la Prouvenço, se sarié facho
uno resplendour que rèn aurié pouscu ennevouli. Que
lei valènt felibre qu'an tant pres a cor lou reviéure dóu
prouvençau se souvengon que se noun se parlo sa lengo dins touto la Franço, l'encausa n'es belèu a la literaturo seriouso que li a fauta. S'aguesse agu un mounu-

Je vous dirai, avec le poëte Mistral : « Laissons aux char-
donnerets et laissons aux cigales leur chant naturel, et
ne faisons pas comme les imbéciles qui, avec une seri-
nette, apprennent aux alouettes à chanter faux. » Laissons à la Provence sa langue harmonieuse ; elle est
assez belle pour ne point être dédaignée, et si ses mo-
numents littéraires se bornent à peu près aux chants
de ses troubadours, ils méritent pourtant qu'on leur
rende justice.

Mais, d'un autre côté, je suis d'accord avec les se-
conds :.

Une langue qui n'a pas un monument littéraire sé-
rieux ne peut prétendre sortir de son abaissement.
Des chants d'amour et des Noëls ne suffisent pas pour
faire participer un peuple au progrès qui se fait autour de lui, et, si sa langue ne lui en offre la ressource,
il est nécessaire qu'il la cherche dans une autre que la
sienne.

Paris est le gouffre qui attire à lui toutes les célé-
brités qui grandissent en province, qui les dépayse et
se les approprie. Avec le quart du tribut qu'elle a payé
à la Capitale en hommes célèbres, la Provence se serait fait une splendeur que rien n'aurait pu obscurcir.
Que les vaillants poëtes qui ont si bien pris à cœur la
renaissance du provençal se souviennent que, si leur
langue n'est point parlée dans toute la France, on doit
en attribuer peut-être la cause à la littérature sérieuse
qui lui a manqué. Si elle avait eu un monu-

men literàri istourique, la lengo d'O, que se reviéudo
vuèi, sarié lou liame que religarié toutei lei cor que
baton sus lou terraire francés. En un mot, la lengo dei
troubadour sarié la lengo de la Franço.

Mai perqué nous maucoura ? Aquelo literaturo que
nous manco póu espeli. Ais, Beziès, Castro, Agèn an
seis Acadèmi; lou Felibrige briho sus lei ribo dóu
Róse coumo lou souléu, quand se lèvo aperalin dins
nòste cèu linde e siau. Dins sei tièro se comto pas rèn
que de troubaire. Se s'assajon sus la zambougno feli-
brenco, lei pajo d'ou grand libre de la scienci et de
l'istòri reston pas blanco nimai. Que lei savènt qu'en-
lusisson aqueleis Acadèmi fagon basto empremi, pèr jus-
tifica soun intrado dins soun sen, un volume de seis
òbro dins la lengo que se soun douna la missioun de
counserva. Es pèr la cóuturo que lei lengo s'afinon e
s'enrichisson ; es en aumentant soun founs literari que
s'asseguro sa durado ; soun utilita souleto póu li
counserva uno plaço dins l'aveni, e lei para d'un nóu-
frage, sènso acó presque assegura, dins aquelo mar
tant trigoussado vuèi que s'apello Prougrès.

Se lou grè, se lou latin avien proudut que l'*Iliado* e
l'*Eneido*, es proubable que sarien óublida desempièi
lontèms ; e l'istòri dei dous pu grand pople de l'entiquita nous sarié arrivado vago coumo lei legèndo que
retraison lei proumiés iàge dei nacioun mounte an fauta
leis istourian. Lei bàrdo de la Gaulo abouscassido nous an

ment littéraire historique, la langue d'Oc, qui se réveille aujourd'hui, serait le lien qui relierait tous les cœurs qui battent sur le sol français. En un mot, la langue des troubadours serait la langue de la France.

Mais pourquoi nous décourager? Cette littérature qui nous manque peut éclore. Aix, Béziers, Castres, Agen, ont leurs académies; le Félibrige brille sur les rives du Rhône comme le soleil, lorsqu'il se lève là-bas dans notre ciel calme et pur. On ne compte pas seulement des poëtes dans leurs rangs. S'ils s'essayent sur la lyre poétique, les pages du grand livre de la science et de l'histoire ne demeurent pas blanches pourtant. Que les savants qui illustrent ces académies fassent seulement imprimer, pour justifier leur entrée dans leur sein, un volume de leurs œuvres dans la langue qu'ils se sont donné la mission de conserver. C'est par la culture que les langues s'épurent et s'enrichissent; c'est en augmentant leur fond littéraire que l'on assure leur durée; leur utilité seule peut leur conserver une place dans l'avenir et les préserver d'un naufrage, presque assuré sans cela, dans cette mer, aujourd'hui si agitée, que l'on nomme Progrès.

Si le grec, si le latin n'avaient produit que l'*Illiade* et l'*Énéide*, il est probable qu'ils seraient oubliés depuis longtemps; et l'histoire des deux plus grands peuples de l'antiquité nous serait arrivée vague comme les légendes qui retracent les premiers âges des nations à qui ont manqué les historiens. Les bardes de la Gaule boisée ne nous ont leissa qu'un souveni counfus de l'istòri de nòstei rèire.

Ansin n'en sarié de la lengo prouvençalo se noun se
fasié uno literaturo en rapor eme lei besoun souciau ;
e *Mirèio* méme, l'óbro de nòsto epòco mounte la legèndo s'es envautado dei beloio lei pu resplendènto
sourtido de la laieto pouetico, *Mirèio* méme noun la
sauvarié de l'óublid. Fau d'istourian pèr enregistra leis
anrfalo dei nacioun ; fau de savènt pèr li durbi lou camin escalabrous de l'aveni e dou prougrès.

Mai se desìri que la Prouvènço counsèrve sa lengo,
noun siéu de l'avis d'aquelei que voudrien leissa soun
pople se tremoussa, impouderous, dins lei vièis us que
li an leissa lei tèms mejan. Lou prougrès es la lèi dei
soucieta; e la mouralo d'un siècle de lumièro noun póu
èstre la mémo qu'a fa atravessa ei pople lei tèms ennevouli mounte la forço èro lou soulet dre, mounte lou
prejuja tenié la plaço de la sciènci. Nòstei felen viéuran,
n'en siéu assegura, dins uno epòco mounte la justìci
gouvernara leis òme, mounte un coungrès dei nacioun remplaçara leis armado, mounte la méme lengo
religara lei pople. Aquelo epòco, que veirai pas, la
chàmi de touto la forço de meis aspiracioun ; mai noun
cresi que la counservacioun dei parladuro divèrso,
neissudo de l'ingèni dei diferentei raço, n'en pòsque
retarda l'arrivado. S'acó devié èstre diriéu : Mòre la
lengo que m'a inicia a la couneissènço dei causo ! Mòre
la lengo què tant de fes m'a endormi urous, au

laissé qu'un souvenir confus de l'histoire de nos ancêtres.

Ainsi en serait-il de la langue provençale si elle ne se créait une littérature en rapport avec les besoins sociaux ; et *Mireille* même, l'œuvre de notre temps où la légende s'est entourée des joyaux les plus éclatants sortis de l'écrin poétique, *Mireille* même ne la préserverait pas de l'oubli. Il faut des historiens pour enregistrer les annales des nations ; il faut des savants pour leur ouvrir le chemin difficile de l'avenir et du progrès.

Mais, si je désire que la Provence conserve sa langue, je ne partage point l'avis de ceux qui voudraient laisser son peuple se débattre impuissant dans les vieilles coutumes que lui a léguées le moyen-âge. Le progrès est la loi des sociétés, et la morale d'un siècle de lumières ne peut être celle qui a fait traverser aux peuples les temps sombres où la force était le seul droit, où le préjugé tenait la place de la science. Nos petits-fils vivront, j'en ai l'assurance, à une époque où la justice gouvernera les hommes, où un congrès des nations remplacera les armées, où la même langue reliera les peuples. Cette époque, que je ne verrai pas, je l'appelle de toute la force de mes aspirations ; mais je ne crois pas que la conservation des langues diverses nées du génie des différentes races puisse en retarder l'arrivée. Si cela devait être, je dirais : Meure la langue qui m'a initié à la connaissance des choses ! Meure la langue qui, tant de fois, m'a endormi heureux, au bru de sei cansoun, sus lou sen de ma maire!...

Mai la verita póu se traire pèr tout lengage. Ce que meno au prougrès es leis idèio justo sus la naturo de l'òme e sus sei vertadié besoun souçiau. Touto lengo póu lei counèisse e lei respèndre.

A l'òbro dounc, felibre de Prouvènço! Lei sciènci eme leis art devon de-longo se faire esquineto. Que lei savènt nous fagon counèisse la Naturo! que leis artiste la retraison! que lei troubaire canton sei mereviho! Li atrouvaran de tème sèmpre nóu per eiserça soun talènt, e li sara plus necessàri d'ana cerca, dins lou soumbrun é dins l'assurde dei vièio cresènço qu'an fa soun tèms, aquelei tablèu trop souvènt retrais, proudut d'uno imaginacioun desendraiado, que noun servon qu'a empestella l'intelligènci. Au mitan dei prougrès qu'a fa la sciènci, noun déu plus èstre permes au troubaire d'enchassa dins de perlo lei vièi pantai de l'ignourènço e de la barbarié. Autre tèms lei troubaire èron leis ensegnaire dei pople; perqué servirien-ti vuèi qu'a reviéuda lei vièiei farço de Poulenchinello que lou bon goust a abandounado eis enfant, e que fan méme aussa de pieta leis espalo de sei bailo? Noun se déu óublida que, se la fourmo pouetico déu flata lou goust, lou founs deis idèio déu tambèn countenta la resoun. Es tèms, me sèmblo, qu'acoumence a prendre lou gouvèr deis òme.

Acabarai pas sènso rèndre au Felibrige la justiço

bruit de ses chansons, sur le sein de ma mère!.....

Mais tout langage peut traduire la vérité. Ce qui conduit au progrès ce sont les idées justes sur la nature de l'homme et sur ses vrais besoins sociaux. Toute langue peut les connaître et les divulguer.

A l'œuvre donc, félibres de Provence! Les sciences et les arts doivent sans cesse se prêter leur aide. Que les savants nous fassent connaître la Nature! Que les artistes la reproduisent! Que les poëtes chantent ses merveilles! Ils y trouveront des thèmes toujours nouveaux pour exercer leur talent, et il ne leur sera plus nécessaire d'aller chercher, dans les ténèbres et dans l'absurdité des vieilles croyances qui ont fait leur temps, ces tableaux trop souvent reproduits, fruits d'une imagination dévoyée, qui ne servent qu'à obscurcir l'intelligence. Au milieu des progrès que la science a faits, il ne doit plus être permis au poëte d'enchâsser dans des perles les vieux rêves de l'ignorance et de la barbarie. Autrefois les poëtes étaient les professeurs des peuples; pourquoi ne serviraient-ils aujourd'hui qu'à faire revivre les vieilles farces de Polichinelle que le bon goût a abandonnées aux enfants, et qui font même hausser de pitié les épaules de leurs nourrices? On ne doit point oublier que, si la forme poétique doit flatter le goût, le fond des idées doit aussi satisfaire la raison. Il est temps, ce me semble, qu'elle commence à gouverner les hommes.

Je n'achèverai pas sans rendre au Félibrige la justice

que li es degudo pèr avé adoupta uno ourtougralo
simplo, pièique retrais la paraulo, e qu'ajudara a faire
couprene lei diferènt dialèite de nòsto parladuro. Sarié
a desira que lei troubaire de toutei leis encountrado de
la Prouvènço se soumetesson a sei règlo. Dins leis
óubreto que porgi vuèi au publi ai assaja de foundre
ensèn lei dialèite que se parlon desempièi lei bord
d'Argèns enjusqu'ei ribo dóu Rose. Me sèmblo qu'a-
quelei dialèite, ilustra pèr Mistrau, Roumaniho, Crou-
sihat, Aubanèu, Ansèume Mathièu, Benedit, Vidau,
Gaut, Trussi, Dauphin, e tant d'autre, poudrien toutei
estre mes a countribucioun pèr lei troubaire prouvençau. Que richesso d'espressioun, que varieta dins
l'estile n'en poudrié tira uno plumo eiserçado! Siéu
bèn luèn de me flata d'agué aganta lou biais. Ai tout
bèu just traça uno draiolo que me sèmblo bono a segui.
D'autre li plantaran de fres oumbrage e li respendran
a bel-èime lei flour que ma feblesso m'a empacha de
li samena.

Enca que siègue un pau tard pèr lou faire, noun
vòli quita la plumo sènso remercia publicamen la cou-
missioun d'óu Councour de-z-Ais de l'indulgènço que
li a permès d'acourda uno mencioun ounourablo a
moun *Odo au bon rèi René*. Pòsque lou leitour, autant
indulgènt qu'elo, atrouva quauco sabour au fru de
Mei Veiado.

qui lui est due pour avoir adopté une orthographe simple, puisqu'elle reproduit la parole, et qui aidera à faire comprendre les divers dialectes de notre langue. Il serait à désirer que les poëtes de toutes les contrées de la Provence se soumissent à ses règles. Dans les œuvres que j'offre aujourd'hui au public, j'ai essayé de fusionner les dialectes que l'on parle depuis les bords d'Argens jusqu'aux rives du Rhône. Il me semble que ces dialectes, illustrés par Mistral, Roumanille, Crousillat, Aubanel, Anselme Mathieu, Bénédict, Vidal, Gaut, Trussi, Dauphin, et tant d'autres, pourraient tous être mis à contribution par les poëtes provençaux. Quelle richesse d'expressions, quelle variété dans le style pourrait en tirer une plume exercée ! Je suis loin de me flatter d'avoir réussi. J'ai tout au plus tracé un sentier qui me paraît bon à suivre. D'autres y planteront de frais ombrages et y répandront à profusion les fleurs que ma faiblesse ne m'a pas permis d'y semer.

Bien qu'il soit un peu tard pour le faire, je ne veux point quitter la plume sans remercier publiquement la Commission du concours d'Aix de l'indulgence qui lui a permis d'accorder une mention honorable à mon *Ode au bon roi René*. Puisse le lecteur, aussi indulgent qu'elle, trouver quelque saveur au fruit de *Mes Veillées*.

AU LEITOUR

———

Ami leitour, te porgi un libre :
De moun cor li ai mes lou trop plen;
Li a un pau de tout; se te fa 'nden,
De lou quita sies-ti pas libre?...

AU LECTEUR

——— ——··

Ami Lecteur, je t'offre un livre : — J'y ai mis.le trop-
plein de mon cœur ; — il y a un peu de tout ; s'il t'é-
cœure, — n'es-tu pas libre de le laisser ?....

2.

MESCLUN

MÉLANGES

FIANÇO

Anas, bellei jouvènt! l'andano souloumbrouso
    Vous duèrbe sa founsour.
Nòvi, enlaço tei bras a ta nouvieto urouso ;
    Passejas sus lei flour !

Anas! lou calabrun de seis oumbro enmantello
    Lei bos empli d'aucèu.
Aurés pèr tout temouin que lei milioun d'estello
    Que clavellon lou cèu.

Fasès-vous un dous nis dins lei flour e la mousso,
    Un nis tout prefuma
Mounte vous semblaran lei caresso pu douço,
    Lei poutoun embaima ;

Un nis ounte la set sèmpre se renouvelle ;
    Un nis, bellei jouvènt,
Ounte brulanto, alabro, uno caresso bèle
    Un poutoun pus ardènt !

Bresso aqueleis enfant coumo uno bono maire,
    Fresco aureto d'estiéu.
Dous murmur dei fourèst, mesclo-te dins leis aire
    A sei souspir crentiéu.

FIANÇAILLES

Allez, beaux jeunes gens! l'allée ombreuse — vous
ouvre sa profondeur. — Fiancé, enlace de tes bras ton
heureuse fiancée; — promenez-vous sur les fleurs!

Allez! le crépuscule couvre du manteau de ses ombres — les bois remplis d'oiseaux. — Vous n'aurez,
pour tous témoins, que les millions d'étoiles — qui
clouent le ciel.

Faites-vous un doux nid dans la mousse et les fleurs,
— un nid tout parfumé, — où plus douces vous paraî-
tront les caresses, — les baisers embaumés :

Un nid où la soif se renouvelle sans cesse; — un nid,
beaux jeunes gens, — où brûlante, avide, une caresse
appelle — une caresse plus ardente !

Berce ces enfants comme une bonne mère, — fraîche
brise d'été. — Doux murmure des forêts, mêle-toi dans
les airs — à leurs timides soupirs.

Bèu boutoun que se duèrbe a la brulanto aleno
　　La nòvio a tresana...
Soun fichu se desfai e soun péu se destreno
　　Sus lou gazoun fana!...

Escounde eis uè curious, escounde, o fourèst soumbro,
　　Lei jouineis amourous.
Lou bonur es crentiéu; au jour prefèro l'oumbro
　　De toun fueiage dous.

E ges d'uè n'aura vist aquelei fianço urouso
　　De vòsto douco unioun
L'auro n'en dira 'n mot a la fourèst oumbrouso,
　　La flour au parpaioun;

L'òme n'en saupra rèn. D'or e de finfreluro
　　Soulamen óucupa.
Li a proun tèms qu'ause plus la voues de la Naturo...
　　Saup rèn mai qu'acampa;

Cerco dins leis ounour, dins lou bru, dins la glòri,
　　Un bonur que fugis,
Quand poudrié l'atrouva en istènt dins sa bòri
　　Mounte tout li gaudis!...

Beau bouton qui s'ouvre à la brûlante haleine, —
l'épouse a tressailli..... — son fichu se dénoue et ses
cheveux se déroulent — sur le gazon fané !.....

Cache aux yeux curieux, cache, ô sombre forêt, —
les jeunes amants. — Le bonheur est timide ; il préfère
au jour l'ombre — de ton doux feuillage.

Et aucun œil n'aura vu ces heureuses fiançailles —
de votre union douce. — La brise en dira un mot à
l'ombreuse forêt, — la fleur au papillon ;

L'homme n'en saura rien. D'or et de fanfreluches —
seulement occupé, — il y a assez longtemps qu'il n'entend plus la voix de la Nature..... — il ne sait rien
qu'acquérir ;

Il cherche dans les honneurs, dans le bruit, dans la
gloire, — un bonheur qui fuit, — lorsqu'il pourrait le
trouver en demeurant dans sa chaumière — où tout
lui sourit !.....

IDILO

Toutei dous plan-plan caminavon
A l'oumbro dei grands oume verd.
Lei voues deis aucèu moudulavon
Seis amourous e gai councert.
Dins lei coumbo, sus leis auturo
Toutei lei voues de la naturo
Se mesclon dins un meme accord :
Dirias qu'es la cansoun magìco
D'uno subre-umano musìco...
N'en soun tout esmougu lei cor.

Neissudo dins la matinado,
De milioun de flour embaimado
Mesclon seis enebriant prefum...
Lou riau, que coulo dins la prado
En foulejant, a la vesprado
Adus soun benurous frescun...
Pertout mounte soundo l'ausìdo,
Dins la naturo amourousìdo,
Ausissès de cant de bonur...
Eu se rambo, amourous, contro elo,
En vesènt, amount, leis estello
Que se sarron contro l'azur.
Elo souspiro... elo tremoulo...

IDYLLE

Tous les deux cheminaient doucement — à l'ombre
des grands ormeaux verts. — Les voix des oiseaux mo-
dulaient — leurs concerts amoureux et gais. — Dans
les vallées, sur les hauteurs, — tous les bruits de la
Nature — se mêlent dans un même accord : — on dirait la chanson magique — d'une musique surhu-
maine..... — Les cœurs en sont tout émus.

Nées le matin, — des millions de fleurs embaumées
— mêlent leurs parfums enivrants..... — Le ruisseau,
qui court en folâtrant dans la prairie, — apporte à la
vesprée — sa bienfaisante fraîcheur..... — Partout où
sonde l'ouïe, — dans la Nature énamourée, — on entend
des chants de bonheur.... — Il se presse, amoureux,
contre elle, — en voyant les étoiles, là-haut, — qui se
serrent contre l'azur. — Elle soupire.... elle tremble....

Se penjo, amourouso, sus éu...
Mai un long courdéu de piboulo
Lei cuèrbe 'me soun grand ridèu...

. . . .

. . . .

. . . .

Pièi vegueri, coumo uno espavo,
La centuro de soun fourrèu
Que l'aureto amount empourtavo,
Dins leis aire, eme lis aucèu !...

— Elle se penche, amoureuse, sur lui.... — Mais une
longue rangée de peupliers — les couvre de son
grand rideau .   .   .   .

   .   .   .   .

   .   .   .   .

   .   .   .   .

Puis je vis, comme une épave, — la ceinture de sa
robe — que le vent emportait là-haut, — dans les airs,
avec les oiseaux !.....

LA ROSO

Imitacioun de Ronsard. A Mllo ***.

Avès vist, esto matinado,
La roso, fresco et pimparrado,
Estala sa raubo au soulèu;
Anen vèire,aquesto vesprado,
S'es encaro lindo, aliscado,
S'a pas perdu soun ten tant bèu.

Oh! Vesès! Dins uno journado,
Sa roubeto, adès empourprado,
A perdu sei vivo coulour!
S'es aflaquido e dechirado!
Vela! passido, desaviado,
Senso gràci e senso frescour!

De la vido es la tristo image.
Proufitas de vòste bel iage :
La roso passo dins un jour!...
Emai jouinesso passo vite!...
Anés pa 'spera que vous quite
Pèr n'en culi la bello flour!...

LA ROSE

Imitation de Ronsard. A Mlle .***.

Vous avez vu, ce matin, — la rose, fraîche et parée, — étaler sa robe au soleil; — allons voir, cette vesprée, — si elle est encore lisse, attifée, — si elle n'a pas perdu son teint si beau.

Oh! Voyez! Dans un jour, — sa robe, naguère pourpre, — a perdu ses vives couleurs! — Elle s'est affaissée et déchirée! — La voilà froissée, flétrie, — sans fraîcheur et sans grâces!

Elle est la triste image de la vie. — Profitez de votre bel âge: — La rose passe dans une journée! — La jeunesse aussi passe vite! — N'allez pas attendre qu'elle vous abandonne — pour en cueillir la belle fleur!.....

M'OUBLIDÉS PAS!

A-n-uno damo que m'avié manda uu brout de miousoutis en me
reclamant quauquei vers sus soun emblème.

Pichouno flóur tant mignouneto
Que retraises l'amour crentiéu,
Parlo; pèr tu touto souleto
Iéu voli, vuèi, èstre atentiéu :

Crégnes, pauro floureto enquièto,
Qu'uno flour, mai que tu couquèto,
En camin arrèste mei pas.
Ploures; dises, descounsoulado :
« De matin m'avès desirado;
« Sus lou vèspre M'OUBLIDÉS PAS! »

Iéu t'òublida! N'agues cregènço :
Ta feblesso, toun avenènço
De toutei t'atiron l'amour;
Car de toun gracious calíci
— Noun sabi 'me quint' artifìci —
Sorton d'enebriantei licour.

NE M'OUBLIEZ PAS!

A une dame qui m'avait envoyé une tige de myosotis en réclamant
quelques vers sur leur emblème.

Myosotis, naïf emblême
De l'amour timide et craintif,
Parle; à tes désirs, fleur que j'aime.
Je veux être un jour attentif :

Tu crains, pauvre fleur inquiète,
Qu'une fleur, plus que toi coquette,
En chemin n'arrête mes pas ;
Et tu dis, timide, éplorée :
« Vous m'avez un jour désirée ;
« Maintenant NE M'OUBLIEZ PAS ! »

T'oublier ! Bannis tes alarmes :
Dans ta faiblesse sont les armes
Qui t'asservissent tous les cœurs ;
Car de ton gracieux calice
— Je ne sais par quel artifice —
Sortent d'enivrantes liqueurs.

Pichouno flour touto esmougudo,
Ta graci, ta taio menudo,
Te fan toutei leis uè fidèu;
E se ta cambo tant laugièro
Méte sei racino dins terro,
Te pintes dins l'azur d'ou cèu!

Ta grâce enfantine, ingénue,
Tes feuilles, ta taille menue,
Captivent et charment les yeux ;
Et si ta tige si légère
Met ses racines dans la terre,
Ta corolle se peint aux cieux !

LOU ROURE E LA LAMBRUSCO

FABLO

Sus la rìbo d'un grand camin
Un roure brancaru estendié soun fuèiage.
Uno lambrusco en bas iage
De sei pu bas rampau se fasié 'n dous couissin.
— Fau-ti que lou malur m'ague pres pèr sa miro,
Fasié lou chaine adoulenti;
Lou passant, chasque jour, me regardo e m'amiro;
Mai tout acò vau-ti
Mei vièis ami que lou crudèu serraire,
Pèr douna d'espaci a l'araire,
Un matin esclapé, sènso ges de pieta
Pèr nòsto vièio amigueta?
Aro siéu tout soulet, pecaire!
Car — quau n'en douto? — pòdi gaire
Faire moun coumpagnoun d'aquéu paure aubrissèu
Qu'es a cent pèd de moun cimèu.
En que me pòu servi soun vesinage?
A rèn mai qu'a m'encoumouda.
Sarié 'no counfusioun, pèr un vièi de moun iage,
Se m'anavi acourda
Em' auquel aubrioun mens aut que moun cepage,
Quouro m'enauri, iéu, dins lou pus aut deis èr, —

LE CHÊNE ET LA LAMBRUSQUE

FABLE

Sur le bord d'un grand chemin — un chêne branchu
étendait son feuillage. — Une jeune lambrusque — se
faisait un doux coussin de ses plus bas rameaux. —

« Faut-il que le malheur m'ait pris pour son point de
mire, — disait le chêne plaintif; — le passant me re-
garde et m'admire chaque jour; — mais tout cela
vaut-il — mes vieux amis, que le cruel scieur, — pour
faire place à la charrue, — dépeça un matin, sans pitié aucune — pour notre vieille amitié? — Maintenant
e suis seul, hélas! — car (qui en doute?) je ne puis
guère — faire mon compagnon de ce pauvre arbris-
seau — qui est à cent pieds de ma cime. — A quoi son
voisinage me peut-il servir? — A rien de plus qu'à
m'incommoder. — Ce serait une honte pour un
vieux de mon âge — si j'allais m'accorder — avec cet
arbuste moins haut que mon tronc, — lorsque je m'é-
lève, moi, au plus haut des airs. »

Ansin lou vièi roure renavo,
E sei plagnun remiéutejavo,
Coumo un vièi devot soun *Pater*.

A quauqueis an d'aqui, la pichoto lambrusco,
D'òu chaine en escalant la rusco,
S'èro tant aloungado, avié tant bèn grandi,
Qu'au d'aut de soun cimèu s'enanavo espandi.

E fasié d'aise au vièi renáire :
— Te souvènes dòu tèms, coupaire,
Ounte me mespresaves tant?
Te veniéu pas a la caviho;
Mai àro ma cìmo se quiho
Dessus toun ourgueious turban.
Poudèn nous charra tèsto a tèsto.
Graci a iéu aro te fan fèsto
Leis aucèu que soun adouna,
A mei grapo que leis atiron.
Véses, sies plùs abandouna.
Dins toun brancage se retiron
Mèrle, roussignou, darnaga.
Soun autant d'ami que me déves.
Mai en que bon te fatiga
De mei reproche? Aro councéves
Qu'es mau de mespresa qu'auqu'un. —

Ce que l'on trouvavo empourtun
Póu deveni nòsto chabènço.
Tau pichot desdegna, quouro a fa sa creissènço,
Póu nous servi mies que degun.

Ainsi le vieux chêne grognait — et grommelait ses
plaintes — comme son *pater* un vieux dévot.

A quelques années de là, la petite lambrusque, —
en grimpant sur l'écorce du chêne, — s'était tant allon-
gée, avait si bien grandi. — qu'elle allait s'épanouir
sur le haut de sa cime. — Et elle disait doucement au
vieux grogneur :

« Te souvient-il du temps, compère, — où tu me
méprisais si fort? — Je ne t'arrivais pas à la cheville;
— mais maintenant ma cime s'élève — au dessus de
ton front orgueilleux. — Nous pouvons causer tête à
tête. — Grâce à moi, les oiseaux te font fête maintenant, — attirés par mes grappes. — Vois, tu n'es plus
abandonné. — Dans tes branches se retirent — merles,
rossignols, pies-grièches. — Ce sont autant d'amis
que tu me dois. — Mais à quoi bon te fatiguer — de
mes reproches? Tu conçois maintenant — qu'il est
mal de mépriser quelqu'un. »

Ce qui nous importunait — peut devenir notre che-
vance. — Tel petit dédaigné, lorsqu'il a grandi, —
peut nous servir mieux qu'aucun autre.

LEI MAURO* ·

Dins Paris, bèn souvènt, barruli a l'aventuro
    En sounjant au païs.
M'aplanti, sènso vèire, a-n-uno davanturo
De lìbre, de retra vo de frucho maduro;
        Escouti lou roulis
Que fan, sus lei frejau, lei milioun de voueturo
Que traison dei richas lei caro souvènt duro,
De griseto, vo bèn, souto sa frisaduro,
        . L'ennuèi d'un adounis.

        Quauquei fes ségui la ribièro;
        Comti dei barco la renguièro
        Que fan dansa lei ventoulet;
        Vo bèn rìsi de l'èr renaire
        De quauque paure vièi pescaire,
        Quouro lou peissoun morde gaire
        E qu'es vuèje soun tinelet.

    ˉD'autrei fes vau souto l'oumbrage

---

(1) Colo abouscassido que formon lei darrié ressaut deis Aupo, de,
sempièi Ièro enjusqu'a Grasso.

LES MAURES*

Dans Paris bien souvent je me promène à l'aventure
— en pensant au pays. — Je m'arrête, sans voir, à un
étalage — de livres, de portraits ou de fruits mûrs ; —
j'écoute le roulement — que font, sur les pavés, les
millions de voitures — qui traînent les visages souvent
durs des riches, — des grisettes ou, sous sa frisure,
— l'ennui d'un adonis.

Quelquefois je longe la rivière ; — je compte la rangée des barques — que font danser les vents ; — ou
bien je ris de l'air grognon — de quelque pauvre
vieux pêcheur, — lorsque le poisson mord peu, — et
que son pétit tonneau est vide.

D'autres fois je vais sous l'ombrage —

(1) Collines boisées formant les derniers soubresauts des Alpes, depuis Hyères jusqu'à Grasse.

Deis andano de marrounié,
Vo m'assèti dins lei bouscage
Dóu *Luxembourg*, dei *Tuilarié*.

Aubre aligna, lèio pignado,
Vòstei cìmo tant bèn taiado
Semblon lei fade muscadin
Que permenon, a la vesprado,
Sei tèsto tant bèn poumadado
A l'oumbro de vòstei jardin.

Aubre de moun païs, bèu castagnié dei Mauro,
Frais, chaine, e vous grand pin mounte vèn canta l'auro,
Coumbo fresco e flourido, escalabrous coulet
  A la tèsto enciéuclado
  De ròco trauquihado,
 Que vòste aspèt es risoulet!

Qu'es bon de passeja souto vòste fueiage,
Castagnié brancaru que fasès tant d'oumbrage!
De s'estèndre, alassa, dessus l'espés gazoun
Que crèisse a vòste entour, d'escouta la cansoun
Deis aucèu qu'an soun nis dedins vòste brancage!

Qu'es bon de s'auboura, l'estiéu, de bon matin,
  A la cìmo d'uno mountagno,
  E, souto lou fres deis eigagno,
D'espìa lou soulèu que se lèvo eilalin!

des allées de marronniers, — ou je m'asseois dans
les bosquets — du Luxembourg, des Tuileries.

Arbres alignés, allées ratissées, — vos cimes si
bien taillées, — ressemblent aux fades muscadins —
qui promènent, le soir, — leurs têtes si bien pom-
madées — à l'ombre de vos jardins.

Arbres de mon pays, beaux châtaigners des Maures,
— frênes, chênes, et vous, grands pins où vient chanter le vent, — vallons frais et fleuris, coteaux escarpés,
— à la tête couronnée — de rochers déchirés, —
que votre aspect est riant !

Qu'il est bon de se promener sous votre feuillage, —
châtaigners branchus qui faites tant d'ombre ! — de
s'étendre, las, sur le gazon épais — qui croît autour de
vous, d'écouter la chanson — des oiseaux qui ont leurs
nids sur vos branches !

Qu'il est bon de s'élever, l'été, de bon matin, — à la
cime d'une montagne ! — et, à la fraîcheur de la
rosée, — de regarder le soleil se lever au loin ! —

Ges de barragno a vòsto visto :
Eici la coumbo soumbro e tristo
Plounjado enca dins l'oumbro; eilavau la fourèst
Que se dauro ei rai dóu grand àstre;
Pièi lou relarg ounte lou pàstre
E soun avé fan un arrèst !...

Mai regardas avau aquéu mirau que briho
Ei rai d'ou souléu qu'escandiho...
Es la mar, la mar lindo... Espìas ! sa founsour
Se vai pèrdre eilalin dins lou blu deis espaço ;
Sus seis èrso lou veissèu passo,
Laugié coumo l'aucèu planant dins leis autour !

Digas-me, franchiman ! vòsto villo enfumado
Que la fango brutis, qu'es de fousco envautado,
Vau-ti lei fourèst dóu Mièjour ?
Avès-ti soun souléu que dauro sei campagno,
Qu'amaduro sei fru, e que, sus sei mountagno,
Fa crèisse milo flour ?
Vòstei jardin sabla vòlon-ti sei bouscage
Plen d'auceloun au dous ramage
E mounte l'uë se pèrde alin dins sa founsour ?
Souto vòstei lèio pignado
Li a sèmpre quauco barragnado
Qu'arrèsto lou regard que demando a plounja...
Sus lei coulet dei Mauro àmi mies passeja !...

Point d'entraves à votre vue : — ici, le vallon sombre
et triste — encore plongé dans l'ombre ; là-bas, la forêt
— qui se dore aux rayons du grand astre ; — puis
l'étendue où le berger — et son troupeau s'arrêtent !...

Mais regardez, là-bas, ce miroir qui brille — aux
rayons du soleil scintillant... — C'est la mer, la mer
transparente... voyez ! son étendue — va se perdre au
loin dans l'azur des espaces ! — Le vaisseau passe sur
ses ondes, — léger comme l'oiseau qui plane dans les
hauteurs !

Dites-moi, Français du Nord ! votre ville enfumée,
— que la boue salit, qui est entourée de brouillards, —
vaut-elle les forêts du Midi ? — Avez-vous son soleil
qui dore ses champs, — qui mûrit ses fruits, et qui,
sur ses montagnes, — fait croître mille fleurs ? — Vos
jardins sablés valent-ils ses bois — pleins d'oiseaux
au doux ramage, — et où l'œil se perd, au loin, dans
leur profondeur ? — Dans vos allées ratissées, — il y a
toujours quelque obstacle — qui arrête le regard de-
mandant à plonger..... — J'aime mieux me promener sur les collines des Maures !

Aubre de moun païs, bèu castagnié dei Mauro,
Frais, chaine, e vous, grand pin, ounte vèn canta l'auro,
Coumbo fresco e flourido, escalabrous coulet
      A la tèsto enciéuclado
      De ròco trauquihado,
Que vòste aspèt es risoulet!

Arbres de mon pays, beaux châtaigniers des Maures,
— frênes, chênes, et vous, grands pins, où vient
chanter le vent, — vallons frais et fleuris, coteaux escarpés — à la tête couronnée — de rochers déchirés,
— que votre aspect est riant !

L'ESPERO

OUVENI DE JOUINESSO

Enségni rèn de bèn nouvèu
En disènt que l'enfant crudèu
Se ris de toutei lei soufrànço.
Qu'entre sei man la malo chànço
Métẹ un paure aucèu tremoulant;
Lèu-lèu nòste terrible enfant
Li desplumo lou bout deis àlo,
Li crèbo un uè vo bèn lei dous,
Lou murtris, l'abrigo, l'afàlo,
Lou paure pichot malurous!
Quouro èri enca dins moun bas iàge,
Lou bel iàge sènso souci,
·Eri pas tant sènso merci,
Mai de la casso aviéu la ràge.
Quand poudiéu aganta un fusiéu,
O meis ami, lèu-lèu courriéu
De bon matin a l'abéurage;
Degun de pu countènt que iéu.

A la bastido de moun paire,

L'AFFUT

SOUVENIR DE JEUNESSE

— Je n'apprends rien de bien nouveau — en disant
que l'enfant cruel — se rit de toutes les souffrances. —
qu'entre ses mains la mauvaise chance — mette un
pauvre oiseau tremblant ; — vite notre enfant terrible
— lui déplume le bout des ailes, — lui crève un œil ou
les deux, — le meurtrit, l'abîme, le met aux abois, —
le pauvre petit malheureux ! — Lorsque j'étais encore
dans mon jeune âge, — le bel âge sans soucis, — je
n'étais pas autant sans merci, — mais j'avais la fureur
de la chasse. — Lorsque je pouvais attraper un fusil,
— ô mes amis, vite je courais — de grand matin à l'a-
breuvoir ; — Personne n'était plus content que moi.

A   la   campagne   de   mon   père   —

Avans d'èstre a d'aut dóu coule',
Coulo, d'ou pèd d'uno paret,
Un degout d'aigo. Aqui, d'un caire,
Li a tres renguièro de figuié;
De l'autre li a 'no barragnado
D'éuve mes en coupo reglado.
Davans la font un óulivié
S'aubouro, sus quatre cepage,
A quinje pas de l'abéurage.
Es aqui que de bon matin,
Sènso mena'gaire de trin,
Escalavi. Em 'uno brassado
De broundo tapavi lei trau;
M'assetavi tant bèn que mau,
Plèi esperavi, l'arrivado
Dei tourtouro e dei perdigau.

Un matin dedins lou bouscage
Leis ausiéu; fasien un ramage
Que me boulegavo lou san...
Mai velou! arrivo plan-plan
Lou garroun en chamant sa bando...
Pièi la maire... pièi lei pichot...
Oh! la poulido foro-brando!...
Lou garroun fasié bèu jabot,
E piéi plan-planet s'amenavo.
Eri mut, boufavi pa 'n mot;
Lou cor dins moun pitre boundavo.

avant d'être au haut de la côte, coule, du pied d'un
mur, — un filet d'eau. Là, d'un côté, — il y a trois
rangées de figuiers; — de l'autre se. trouve une
barrière — de chênes verts mis en coupe réglée.
— Devant la fontaine, un olivier — s'élève sur
quatre troncs, — à quinze pas de l'abreuvoir. —
C'est là que de grand matin, — sans faire beaucoup de bruit, — je grimpais. Avec une brassée —
de broussailles je bouchais les trous; — je m'as-
seyais tant bien que mal; — puis j'attendais l'arrivée
— des tourterelles et des perdreaux.

Un matin, dans le bois, — je les entendais; ils faisaient un ramage — qui me remuait le sang.... —
Mais le voilà ! le mâle arrive doucement, — en appelant
sa bande... — puis la mère... puis les petits... —
Oh ! la jolie farandole... — La perdrix faisait belle gorge,
— et puis approchait peu à peu. — J'étais muet, je ne souf-
flais pas un mot; — le cœur bondissait dans ma poitrine.

Lou fusiéu lèst, èri tout uè...
Lei countavi... en tout èron vuè...
Oi, que cop! se tout li restavo!...
D'a pau s'entièron coumo un fléu
Sus la ribo de la rigolo...
Aussi bèn d'aise moun fusiéu
E... crac! me rato... e tout s'envolo!...

Me n'entourneri bèn capot,
Pu sot que lou pu sot dei pot;
D'escoundoun dins l'oustau intreri;
Douçamen moun fusiéu quiteri;
Aviéu póu d'èstre galeja.
Lou jour fagueri que sounja
A ma tristo descounvengudo;
Pièi, quand la nuè fougué vengudo,
Tristamen m'aneri coucha.
Que de perdigau pantaieri!
E se leissavon aproucha...
Que chapladis que n'en fagueri!...

— Le fusil prêt, j'étais tout yeux.... — je les comp-
tais.... en tout ils étaient huit.... — Ah! quel
coup! si tout y restait! — Peu à peu ils s'alignent
comme un cordeau — sur le bord de la rigole.... —
je relève bien doucement mon fusil, — et.... crac! il
me rate!.... et tout s'envole!

Je m'en retournai bien capot, — plus sot que le plus
sot des pots ; — j'entrai en cachette dans la maison; —
je quittai doucement mon fusil; — j'avais peur d'être
berné ; — le jour je ne fis que penser — à ma triste de-
convenue; — puis, lorsque la nuit vint, — j'allai me
coucher tristement. — Combien je rêvai de perdreaux !
— et ils se laissaient approcher.... — Quel massacre
j'en fis !.....

A MA FIHO

Quand te vési, ma pichouneto,
Au jardin camina souleto,
Eme toun èr pensamentiéu;
- Que danson a l'auro d'estiéu
De tei pèu lei brunei friseto,
Dìsi au tems : Noun siégues catiéu

Quand te vési, ma Felicìo,
Sensiblo e bono, a la paurìo
Douna, galoio, toun gousta,
Oh ! véses, te voudriéu douta
De toutei lei bèn, douço mìo,
Pièique lou bèn vos esmieta.

Quand te vési sourrire, urouso,
A la roso, a la tuberouso,
Respira sei prefum tant dous,
Ieu dìsi : Souléu, siégues rous!
Dràio, noun siégues espinouso !
Airc, siégues pas trop ventous!

A MA FILLE

Quand je te vois, ma petite, — cheminer seule au jardin, — avec ton air pensif; — qu'à la brise d'été flottent — les boucles brunes de tes cheveux, — je dis au temps : Ne sois pas mauvais !

Quand je te vois, ma Félicie, — sensible et bonne, aux pauvres — donner ton goûter, joyeuse, — oh ! vois-tu, je voudrais te doter — de tous les biens, douce amie, — puisque tu veux émietter le bien.

Lorsque je te vois, heureuse, sourire — à la rose, à la tubéreuse, — respirer leurs parfums si doux, — je dis : Soleil, sois clair ! — Chemin, ne sois pas épineux ! — Air, ne sois pas trop venteux !

4.

Es que dins la vido, mignoto,
Lou cant plantiéu de la machoto,
Vèn trop vite nous atrista.
Lei roso an d'espino au cousta,
Lou saupras que trop lèu, pichoto!
Oh! pousquesses leis esvita!

Oh! que pòsque èstre bèn emplido
Ta vido! E pièi qu'a la finido
Toun front noun siégue ennivoula!
Oh! que toun cèu siégue estella!
Que la doulour, ma tant poulido,
Tei bèus ué noun fàgue coula!

C'est que dans la vie, mignonne, — le chant plaintif de la chouette — vient trop vite nous attrister. —
Les roses ont à côté d'elles des épines, — tune le sau-
ras que trop tôt, petite ! — Oh ! puisses-tu les éviter !

Oh ! puisse ta vie être bien remplie ! — Et puis
qu'à la fin — ton front ne soit pas nuageux ! — Oh !
que ton ciel soit étoilé ! — Que la douleur, ma si jolie,
— ne fasse pas couler tes beaux yeux !....

LA PROUVÈNÇO

I

Iéu te vòli canta, Prouvènço!
Iéu vòli canta toun cèu blu,
L'aigo que courre en ta Duranço,
' Lou sabourun de tei dous fru!

Iéu vòli canta toun terraire,
Lou terraire mount'ai neissu,
Lou terraire ounte dor ma maire!
Mount'ai ploura, mount'ai creissu.

Aubouras-vous, galoi troubaire!
De la Provènço sias l'ounour.
Venès canta 'me vòstei fraire!
Canten lou vin! Canten l'amour!

Enterin chourlas, o bevèire,
Lou dous jus de la grapo d'or!
Ràio, bon vin, dins nòstei vèire:
Vèn raviscoula nòstei cor!

Canten, canten, o mei fraire,

LA PROVENCE

I

Provence ! Je veux te chanter ! — Je veux chanter ton ciel bleu, — l'eau qui coule dans ta Durance, — la saveur de tes doux fruits !

Je veux chanter ton terroir, — le terroir où je suis né, — le terroir où dort ma mère ! — où j'ai pleuré, où j'ai grandi.

Levez-vous, joyeux troubadours ! Vous êtes l'honneur de la Provence. — Venez chanter avec vos frères ! — Chantons le vin ! Chantons l'amour !

En attendant, goûtez, ô buveurs, — e doux jus de la grappe d'or ! — Coule, bon vin, dans nos verres ! — Viens réconforter nos cœurs !

Chantons, ô mes frères, chantons —

Coumo fasien nòstei paire !
Canten nòste bèu païs !
Canten sei brunei fiheto,
Soun vin qu'emplis lei fuieto,
Soun bon vin que rejouïs !

II

T'àmi, moun bèu païs ! T'àmi, bello Prouvènço !
Ami toun cèu tant clar ! Ami toun souléu rous !
Tei coumbo emai tei baus, e toun clima tant dous !
De ta masclo bèuta gardi la souvenènço !

Oublidarai jamai toun printems qu'embaissumon
Lei flour s'espandissènt dins tei campas fegoun,
Mounte lou blad, la vigno e l'oulivié s'escrimon
Pèr douna l'aboundanci a teis enfant. T'oun founs
Noun s'alasso jamai maugrat sei grand'larguesso :
A pas pu lèu douna, fas nouvellei proumesso.
De proudurre jamai tei flan soun fatiga.
Lei gran sorton espés, dins ta terro enrega.
La Durènço, Verdoun, arroson tei campagno ;
Lou Rose vèn jita seis aigo dins ta mar ;
Tei troupèu, que nourris lou fin erbage amar
Que paisson emblamen ei flan de tei mountagno,
Te dounon la car fresco e lou la sabourous,
La lano pèr fiela de vestimen bèn dous.
Ei ribo dei valat, que l'aigo au souléu brilho,
Lou carbe crèisse drut, e fournis a tei filho,

comme faisaient nos pères ! — Chantons notre beau pays ! — Chantons ses brunes jeunes filles, — son vin qui remplit les tonneaux, — son bon vin qui réjouit !

II

Je t'aime, mon beau pays ! Je t'aime, belle Provence ! — J'aime ton ciel si limpide ! J'aime ton soleil roux ! — tes vallons et tes précipices, et ton si doux climat ! — Je garde le souvenir de ta mâle beauté !

Je n'oublierai jamais ton printemps qu'embaument — les fleurs qui s'épanouissent dans tes champs féconds, — où s'escriment le blé, la vigne et l'olivier — pour donner l'abondance à tes enfants. Ton fonds — ne se fatigue jamais malgré ses grandes largesses : — tu n'as pas plus tôt donné que tu promets de nouveau. — Tes flancs ne sont jamais las de produire. — Les grains sortent épais, enfouis dans ta terre. — La Durance, Verdon, arrosent tes champs ; — le Rhône vient jeter ses eaux dans ta mer ; — tes troupeaux, que nourrit la fine herbe amère — qu'ils paissent avec abondance aux flancs de tes montagnes, — te donnent la chair fraîche et le lait savoureux, — la laine pour filer de bien doux vêtements. — Aux rives des ruisseaux, dont l'eau brille au soleil. — le chanvre croît vigoureux, et fournit à tes filles

De que passa lou tèms quand l'ivèr es catiéu :,
Au fus soun prepara lei vièsti de l'estiéu.
Dins lei festin jouious aduses l'aboundanço :
Ei voulaio s'ajougne e la lèbre et l'isar,.
Lou sanglié, la perdris, lou lapin, lou canar;

> E toun vin generous, que lanço,
> En raiant, de lindes uiau,
> Vèn raviscoula l'assistanço,
> Quand dèi vèire emplis lou cristau.
>> Canten, canten, o mei fraire,
>> Coumo fasien nòstei paire !
>> Canten nòste bèu païs !
>> Canten sei brunei fiheto,
>> Soun vin qu'emplis lei fuieto,
>> Soun bon vin que rejouïs !

III

> Quau es lou païs, o Provènço !
> Que te pou èstre coumpara ?
> Quau es qu'a'n Rose ? Uno Durènço ?
> Quau qu'a soun cèu sèmpre estella ?
> Sus tei cìmo crèisson lei roure,
> Lei frais e lei pin sèmpre verd ;
> Lei filagno raion tei moure,
> Leis envauton coumo de serp.
>> Quouro Mai sameno
>> Flour de touto meno

— de quoi passer le temps lorsque l'hiver est rude :
— les vêtements de l'été sont préparés au fuseau. —
Tu apportes l'abondance dans les festins joyeux : —
aux volailles se joignent et le lièvre et l'isard, —
le sanglier, la perdrix, le lapin, le canard; — et ton
vin généreux qui lance, — en coulant, de brillants
éclairs, — vient ragaillardir les convives, — lorsqu'il
remplit le cristal des verres.

Chantons, ô mes frères, chantons — comme faisaient
nos pères! — Chantons notre beau pays! — Chantons
ses brunes jeunes filles, — son vin qui remplit les tonneaux, — son bon vin qui réjouit!

III

O Provence! quel est le pays — qui te peut être
comparé? — Quel est celui qui a un Rhône? Une Durance? — Quel est celui qui a ton ciel toujours étoilé?

Sur tes cimes croissent les chênes, — les frênes et les
pins toujours verts; — les *filagnes* rayent tes mornes,
— les entourent comme des serpents.

Lorsque Mai sème — les fleurs de toute sorte —

Suçant tei mamèu,
Que l'abiho gleno
Sus elei soun mèu ;

Quouro, l'estiéu, tei plano rousso
Envauton d'or teis oulivié,
Que dins l'aire s'envolo, douço,
L'oudour de tei verd arangié ;

Quau es lou païs que te passo
      Pèr sa bèuta ?
L'uè se repauso e se delasso
Quouro, encanta, espìo, embrasso
De tei champ la diversita.

As la tèsto courounado,
Prouvenço, païs plasènt,
Dei flour que, touto l'annado,
S'espandisson sus toun sen.
Milo aubre a l'espés fueiage
Vènon t'oufri sei fru dous,
Que la vèspo au fin coursage
Vèn suça, tant soun goustous !
Lou rasin e la castagno,
Lou meloun jutous d'Espagno
Pastèco, frucho d'estiéu,
Figo-flour, pero daurado,

qui sucent tes mamelles, — que l'abeille glane — sur
elles son miel;

Lorsque l'été, tes plaines jaunies — entourent d'or
tes oliviers; — que, dans l'air s'envole, douce, — l'o-
deur de tes orangers verts;

Quel est le pays qui te surpasse — en beauté? —
l'œil se repose et se délasse — lorsque, enchanté, il
voit, il embrasse—La diversité de tes champs.

Tu as la tête ceinte, — Provence, agréable pays, —
— des fleurs qui, toute l'année, — s'épanouissent sur
ton sein. — Mille arbres au feuillage épais — viennent t'offrir leurs doux fruits, — que la guêpe, à la taille
svelte, — vient sucer, tant ils sont savoureux! — le raisin et la châtaigne, — le melon d'Espagne juteux, —
pastèques, fruits de l'été, — figues-fleurs, poires dorées,

Lei cerièio coulourado
'Que pendòlon a'-n-un fiéu,
E pièi tant, e dei pu rare,
Qu'es trop long de remembra,
— Soun tant pau, teis aubre, avare! —
Vènon pertout encoumbra.

E tei galoio fiheto
Tant acorto c risouleto,
Brunido a tous souléu, que soun uè vous embrié......
Qualei qu'an mai de gràci eme mai de souplesso
Souto l'estret fichu que cuèrbe eme simplesso
Dous mameloun sènso parié?
Qualei qu'an lou bras pu roun
E la cambo mies tournado?
Qualei danson, degajado,
Mies qu'elei sus lou gazoun?

Canten, canten, o mei fraire
Coumo fasien nòstei paire !
Canten nòste bèu païs !
Canten sei brunei fiheto,
Soun vin qu'emplis lei fuieto,
Soun bon vin que rejouïs!

IV

Quau es aquéu mirau que souto lei rai briho?.....
Prouvènço, es ta mar bluio, es ta mar qu'escandiho,

— les cerises vermeilles — qui pendent à un fil,
— et puis tant, et des plus rares, — qu'il est trop long
de rappeler, — (tes arbres sont si peu avares!) —
viennent encombrer partout.

Et tes joyeuses jeunes filles — si accortes et rieuses,
— brunies à ton soleil, dont l'œil vous enivre.... —
quelles sont celles qui ont plus de grâce et plus de souplesse — sous l'étroit fichu qui couvre avec simplicité
— deux seins sans pareils? — Quelles sont celles qui
ont le bras plus rond — et la jambe mieux tournée? —
Quelles sont celles qui dansent, alertes, — mieux
qu'elles sur le gazon?

Chantons, ô mes frères, chantons — comme faisaient
nos pères! — Chantons notre beau pays! — Chantons
ses brunes jeunes filles, — son vin qui remplit les tonneaux, — son bon vin qui réjouit!

IV

Quel est ce miroir qui brille au soleil?..... — Provence, c'est ta mer bleue, c'est ta mer qui scintille,

E que bagno tei pèd! Ta tèsto, aperamount
Sus lei cimèus Aupin ves blanchi sa crinièro ;
Toun bèu sen es para de sei flour printanièro
Que cenchon tei ren fort d'un resplendènt courdoun !

    Dóu païs deis avalanco
    As la sauvajo bèuta.
    Toun cèu blu 's plen de clarta.
    Toun souléu, que vous aflanco,
    T'adus la fertilita.....
    Vai, ges de bèuta te manco!.....

    Mai ausissès aperavau!.....
    Entendès pas la canonnado?.....
    Quinto pausso en l'aire enaurado!....
    Es un escabos de chivau.
    Lampejon coumo d'uiau
        Sus la prado
        Dessecado.

    Sus tei cimo lei troupèu,
    Belant seis pichots agnèu,
    Desfuèion lei jouinei branco,
    E, permèi lei vièi blacas,
    Lei càbro pendolon, blanco,
    A la cresto dei roucas.

Acampas-vous, jouinei fiho !

— et qui baigne tes pieds ! Ta tête, là-haut, — sur les cimes des Alpes, voit blanchir sa chevelure ; — ton beau sein est paré de ses fleurs printanières — qui ceignent tes reins forts d'un cordon resplendissant !

Du pays des avalanches — tu as la beauté sauvage. — Ton ciel bleu est plein de clartés. — Ton soleil, qui vous accable, — t'apporte la fertilité.... — Va, aucune beauté ne te manque !.....

Mais écoutez là-bas !.... — N'entendez-vous pas la canonnade ?.... — Quelle poussière dans l'air soulevée !.... — C'est une troupe de chevaux. — Ils fuient comme des éclairs — sur la prairie — desséchée.

Les troupeaux, sur tes cimes, — bêlant leurs petits agneaux, — défeuillent les branches nouvelles, — et, parmi les vieilles yeuses, — les chèvres se suspendent, blanches, — à la crête des rochers.

Rassemblez-vous, jeunes filles ! —

Eila, souto la ramiho,
S'ause lou gai tambourin.....
Zou! Dansas, bello jouinesso!
Jouvènt, bèlo ta mestresso!
L'amour nègo lou chagrin.

Canten, canten, o mei fraire,
Coumo fasien nòstei paire!
Canten nòste bèu païs!
Canten sei brunei fiheto,
Soun vin qu'emplis lei fuicto,
Soun bon vin que rejouïs!

V

Despièi quatre milo an, teis enfant, o Prouvènço !
An empli l'univers de toun noum glourious.
L'istòri gardara toustèms la souvenènço
De seis espandinem. Toun pople courajous
S'es ana permena dedins la fièro Espagno;
Lou Portugau l'a vist, e n'a tira soun noum ;
L'Italio, a soun tour, li a dubèrt sei campagno ;
Es pèr éu que fougué pupla lou *Latium* [1].
La Grèco l'atiré ; sa grando renoumado

(1) De-vers l'an 1579 avans lei tèms crestian un espandiment de
Gau intré 'n Italio e s'avancé jusqu'au *Latium,* mounte founde 'n
establimen que devengué l'Empèri Rouman. D'aqui quauqueis istourian an pensa que lei Gau soun lei soulet foundatour de Roumo.

Là-bas, sous la feuillée, — on entend le gai tambourin.... — Allons ! Dansez, belle jeunesse ! — Jeune homme, appelle ta maîtresse ! — L'amour noie le chagrin.

Chantons, ô mes frères, chantons — comme faisaient nos pères ! — Chantons notre beau pays ! — Chantons ses brunes jeunes filles, — son vin qui remplit les tonneaux, — son bon vin, qui réjouit !

V.

Depuis quatre mille ans, ô Provence ! tes fils — ont rempli l'univers de leur nom glorieux. — L'histoire gardera toujours le souvenir — de leurs rayonnements. Ton peuple hardi — est allé se promener dans la fière Espagne ; — le Portugal l'a vu, et en a tiré son nom ; — l'Italie, à son tour, lui a ouvert ses champs ; — c'est par lui que le *Latium* fut peuplé [1] ; — la Grèce l'attira ; sa grande renommée —

---

(1) Vers l'année 1579 avant l'ère chrétienne, une émigration de Gaulois entra en Italie et s'avança jusqu'au *Latium*, où elle fonda un établissement qui devint l'Empire Romain. De là quelques historiens ont pensé que les Gaulois sont les seuls fondateurs de Rome.

Lou fagué recerca dei rèi, dei poutentat ;
Cadun d'elei voulié l'avé dins soun armado ;
La terrour lou seguié dins toutei lei coumbat.
Audacious, ardènt a recerca la glori,
E jalous de se faire 'n renoum dins l'istori,
Quau fougué lou país, e qualo la nacioun
Qu'ague atrouva trop luèn sa febrouso embicioun ?
L'Asiò lou vegué ; li pourté sei penato,
E li fé respecta lou fier noum dei Galato !

Quau noun saup coumo en coumbatènt
Lou Gau-Liguro encian moustravo de courage ?
Fau-ti rememoura coumo, lou cor countènt,
Afrountavo la mort au mitan dóu carnage ?....
Lei femo, leis enfant cregnien pas lou dangié....
E, pèr pas s'avili souto un mèstre estrangié,
Quand lou sort dei coumbat s'èro moustra contràri,
Courrien a l'endavans d'uno mort voulountàri.

Despièi lou rude Prouvençau,
Descendènt dou valènt Liguro,
A soustengu mai d'un assaut,
A fa pertout bòno figuro.
Quand Charle-Quint agué passa
Leis Aupo, è pièi que la Prouvènço .
Vougué pèr forço atravessa,
— L'istòri n'a la souvenènço —
A tei gòrgo vengué buta,

le fit rechercher par les rois, par les potentats ; —
chacun d'eux voulait l'avoir dans son armée ; — la
terreur le suivait dans tous les combats. — Audacieux,
ardent à rechercher la gloire, — et jaloux de se faire
une renommée historique, — quel fut le pays et quelle
fut la nation — que sa fiévreuse ambition ait trouvés
trop éloignés ? — L'Asie le vit ; il y porta ses pénates,
— et y fit respecter le fier nom des Galates !

Qui ne sait comment en combattant, — le Gallo-Li-
gure ancien montrait de la valeur ? — Faut-il rappeler
comment, le cœur satisfait, — il affrontait la mort au
milieu du carnage ?.... — Les femmes, les enfants
ne craignaient pas le danger.... — et, pour ne pas
s'avilir sous un maître étranger, — lorsque le sort des
combats s'était montré contraire, — ils couraient vo-
lontairement au devant de la mort.

Depuis lors, le rude Provençal, — descendant du
vaillant Ligurien, — a soutenu plus d'un assaut, —
a fait partout bonne figure. — Lorsque Charles-
Quint eut passé — les Alpes, et puis que la Provence — il voulut traverser par force, — (l'histoire
en a le souvenir), — il vint buter à tes gorges,

E fouguè pèr tei fièu, o Prouvènço ! arresta.

    Mai fau-ti faire reviéure
    Lei fèt deis iàge passa ?
    Fau-ti dire, fau-ti escriéure
    Ce que nòstei rèire an fa ?

    Fier guerrié, valènt luchaire,
    An defendu soun terraire
    Em'ardour e fermeta ;
    Pièi soun ana, gai cantaire,
    S'aubourant, galoi troubaire,
    Pèr lou dré, la liberta !

    Canten, canten. o mei fraire,
    Coumo fasien nòstei paire !
    Canten nòste bèu païs !
    Canten sei brunei fiheto,
    Soun vin qu'emplis lei fuieto,
    Soun bon vin que rejouïs !

VI

Prouvènço ! sus ta mar quant de fes lou canoun
A fa brounsi sei tron ?.... Quant de fes la mitràio
Sus seis èrso a traça d'ensaunousido ràio ?.....

— et fut arrêté par les fils, ô Provence!

Mais faut-il faire revivre — les faits des temps passés? — Faut-il dire, faut-il écrire — ce qu'ont fait nos ancêtres?

Fiers guerriers, vaillants lutteurs, — Ils ont défendu leur pays — avec ardeur et fermeté; puis ils sont allés, gais chanteurs, — s'élevant, joyeux troubadours, — pour le droit, la liberté!

Chantons, ô mes frères, chantons — comme faisaient nos pères! — Chantons notre beau pays! Chantons ses brunes jeunes filles, — son vin qui remplit les tonneaux, — son bon vin qui réjouit!

VI

Provence! sur ta mer combien de fois le canon — a fait retentir son tonnerre!.... Combien de fois la mitraille — a tracé sur ses vagues de sanglantes raies?....

Soun bru deveio enca lei cimo dóu Faroun! [1]..:..

Oh! Mai noun es aqui, o ma bello Prouvènço!
Lou titre de ta mar a ta recouneissènço :......

Large mirau de toun cèu blu,
Sa bello oundo tant bluio e lindo
Sus sei tartano en pertout guindo
Lou blad, l'òli, lou vin, lou fru.
Dóu mounde toutei lei ribage
An vist tei matelot, tei veissèu vagaboun.
Pople civilisa, sauvage
An pertout vist flouta teis ardit pavihoun.
Ta bello lengo s'es parlado
Sus lei plajo dóu mounde entié.
Dins sei viage, toun marinié
Sus toutei lei mar l'a pouríado.

Bèn avans leis iàge encian
Que l'istorì a souvenènço,
O lengo de ma Prouvènço!
Te parlo lou Ligurian.
Es pèr tu que lei lengage
Que dison neo-latin
An passa dins leis usage

[1] Còlo pelado que dòumino Touloun, em'un fort dóu méme noum
sus soun cresten.

— Son bruit éveille encore les cimes du Faron ! [1] ....

Oh ! Mais, ô ma belle Provence ! ce n'est pas là —
le titre de ta mer à ta reconnaissance.....

Large miroir de ton ciel azuré, — sa belle onde si
bleue et transparente — sur ses tartanes guide partout
— le blé, l'huile, le vin, le fruit. — Tous les rivages du
monde — ont vu tes matelots, tes vaisseaux vaga-
bonds. — Peuples civilisés, sauvages, — ont partout
vu flotter tes pavillons hardis. — Ta belle langue a été
parlée — sur les plages du monde entier. — Dans ses
voyages, ton marin — l'a portée dans toutes les mers.

Bien avant les temps anciens — dont l'histoire
garde le souvenir, — ô langue de ma Provence ! —
le Ligurien te parle. — C'est par toi que les idiomes
— que l'on dit néo-latins — ont passé dans les usages

(1) Colline aride qui domine Toulon, avec un fort de même nom
sur sa crête.

Dei reiaume tei vesin [1],

De-bàdo lei savènt digon tout lou countràri.

E que, pèr lou prouva, emplegon l'arbitrari.

Mai an bello cerca dins lou grè, dins l'ebru;

An bello espepiéuna lou sanscrit, faire bru

De quauco analougio eme la lengo angleso,

'Me l'aria, vo bèn 'me la lengo oulandeso;

S'enganon grandamen. A toutei tant que soun

Va li disi tout crud, sènso mai de façoun.

Pèr saupre d'ounte vèn nòsto lengo francéso

Fau pas tant cerca luèn ni tant prefoundamen.

E soustendrien pas tant uno marrido téso

Toutei nòstei savènt, se voulien soulamen

A tout aquéu saupé, qu'éici noun li countèsti,

Apoundre — pau de causo, e li aurié ges de mau —

Uno brigo de prouvençau.

Toutei li gagnarien; eme d'autre v'atèsti

Que sarien pas facha de sousteni l'assaut.

Noun an tant espera, que dìsi? pèr va faire;

Car mai d'un escrivan, dins lei tèms que veici,

V'an prouva bel e bèn, sènso se gena gaire...

L'escrivan beluguet, lou marsihés Mery

---

(1) Quauquei lenguiste de nòste tèms au soustengu, eme de resoun que m'an sembla bono, que lou latin e lei lengo dicho neo-latino an agu pèr cepo leis idiòme que se parlavon dins la Gaulo, e qu'avien lou memo founs que lou Prouvençau e lou Bas-Bretoun qu'eisiston vuèi.

Ai cresigu poudre adoupta, dins un eloge de la Prouvenço, uno óupinioun qu'es touto en l'ounour de su lengo.

— des royaumes les voisins [1], — quoique les savants
disent tout le contraire, — et qu'ils emploient l'arbitraire pour le prouver. — Mais ils ont beau chercher dans
le grec, dans l'hébreu ; — ils ont beau éplucher le sanscrit, faire bruit — de quelque analogie avec la langue
anglaise, — avec l'aria ou bien avec la langue hollan-
daise ; — ils se trompent grandement. A tous tant qu'ils
sont, — je leur dis crûment, sans plus de façon. — Pour
savoir d'où vient notre langue française — il ne faut pas
chercher si loin, ni si profondément. — Et ils ne sou-
tiendraient pas autant une mauvaise thèse, — tous
nos savants, si seulement ils voulaient, — à tout ce savoir, qu'ici je ne leur conteste point, — ajouter (peu de
chose, et il n'y aurait aucun mal) — un peu de provençal. — Tous y gagneraient ; je l'atteste avec d'autres
— qui ne seraient pas fâchés de soutenir l'assaut.
— Ils n'ont pas tant attendu, que dis-je ? pour le
faire ; — car plus d'un écrivain, dans ces temps-ci, —
l'a prouvé bel et bien, sans se gêner beaucoup.....
— L'écrivain sémillant, le marseillais Méry —

(1) Quelques linguistes de notre temps ont soutenu, avec des arguments qui m'ont paru bons, que le latin et les langues dites néo-
latines, ont eu pour fondement les idiomes que l'on parlait dans la
Gaule, et qui avaient le même fond que le Provençal et le Bas-Bre-
ton qui existent aujourd'hui.
J'ai cru pouvoir adopter, dans un éloge de la Provence, une opi-
nion qui est toute en l'honneur de sa langue.

Nous a moustra dins uno idilo
Dóu troubaire latin Virgilo
Bèn de mot pres au prouvençau,
Sènso que, pèr acò, sei vers siégon pu mau.

Lei troubadour dóu Mouien-Iàge,
Dins sei cansoun, dins sei discour,
T'an pourta dins toutei lei court
Que parlavon toun bèu lengage,

Oh ! Mai de l'aveni qu'es large l'óurizoun !...
Belèu que l'empliras, lengo de moun enfanço !...
Belèu saras, un jour, lou parla de la Franço !...
Belèu qu'un jour... oh ! mai s'esgaro ma resoun...
E perqué ?... La vapour, la belugo eleitrico
Que vènon relia, vuèi, l'Uropo a l'Americo,
E que méton ansin l'interès en coumun
De toutei lei nacioun, rendon bèn óupourtun
Un biais que permetesse ei pople de s'entèndre,
Aquéu role tant grand, quau póu mies li pretèndre
Que ta lengo, o Prouvènço ? Atèsti la Resoun !
Mies que ges merito la glòri,
Pèr sa bèuta, pèr soun istóri,
D'èstre dei pople la liesoun [1]

---

(1) La questioun d'uno lengo universalo es soulevado despièi lontèms. D'unei an prepausa lou francés ; d'autre volon uno lengo novo,
fllousoufico e sintetico, facho *a priori*. Aquesto belèu sarié seco ;
l'autro farié d'envejons. La lengo prouvençalo es touto lèsto ; es richo

nous a montré dans une idylle — du poëte latin
Virgile — bien des mots pris au provençal, — sans
que, pour cela, ses vers soient plus mauvais.

Les troubabours du Moyen-âge, -- dans leurs chansons, dans leurs récits, — t'ont portée dans toutes les
cours, — qui parlaient ton beau langage.

Oh ! Mais de l'avenir que l'horizon est large!.....
— Peut - être le rempliras - tu, langue de mon en-
fance!.... — Peut-être tu seras un jour le parler de la
France !... — Peut-être qu'un jour... Oh! mais ma raison
s'égare!.... — Et pourquoi,?..... La vapeur, l'étincelle électrique, — qui viennent relier aujourd'hui l'Europe à l'Amérique, — et qui mettent ainsi en com-
mun l'intérêt — de toutes les nations, rendent bien
opportun — un moyen qui permît aux peuples de s'en-
tendre. — Ce rôle si grand, qui peut y prétendre, mieux
— que ta langue, ô Provence?... J'en atteste la Raison !
— Mieux qu'aucune elle mérite la gloire, — par
sa beauté, par son histoire, — d'être le lien des
peuples[1]...

(1) La question d'une langue universelle est soulevée depuis longtemps. Les uns ont proposé le français; d'autres
veulent une langue neuve, philosophique et synthétique, faite *a
priori*. Celle-ci peut-être serait sèche; l'autre ferait des en-
vieux. La langue provençale est toute prête; elle est riche

Canten, canten, o mei fraire,
Coumo fasien nòstei paire!
Canten nòste bèu païs !
Canten sa lengo espandido,
Sei chato au soulèu brunido,
Soun bon vin que réjouïs !

e armouniouso; lei troubadour l'an rendudo celèbro. D'autre caire pòu
èstre counsiderado coumo uno lengo mòrto despièi que lou dialèite dóu
Nord a pres sa plaço ; farié dounc ges de jalous. Sei rapor eme lou
latin, lou francés, l'italian, l'espagnòu, n'en rèndon l'estùdi facile·
Perqué sarié-ti pas chòusido pèr religa lei nacioun? Se poudrié belèu pu mau faire.

Avis au proumié coungrès de lenguiste que s'acampara pèr discuta
aquelo questioun!

Chantons, ô mes frères, chantons — comme faisaient
nos pères ! — Chantons notre beau pays ! — Chantons
sa langue épanouie, — ses jeunes filles brunies au soleil, — son bon vin qui réjouit !

et harmonieuse ; les troubadours l'ont rendue célèbre. D'un autre
côté elle peut être considérée comme une langue morte depuis que
le dialecte du Nord l'a remplacée ; elle ne ferait donc pas de jaloux.
Ses rapports avec le latin, le français, l'italien, l'espagnol, en rendent
l'étude facile. Pourquoi ne serait-elle pas choisie pour relier les nations ? On pourrait peut-être plus mal faire.

Avis au premier congrès de linguistes qui s'assemblera pour dis-
cuter cette question !

LOU NOVI E LOU CURAT

Ousèbi me la bello Neno
Eron amourousous que noun sai.
Se voulien métre a la cadeno
Davans lou Maire au mes de mai.
Avien fa toutei leis emplèto :
Raubo, daurèio, linge fin,
Couèifo de tule, de basin,
La gorbo èro touto coumplèto ;
Rèn li mancavo, e lei parènt
En toutei dous èron counsènt.

Mai quau es que póu se proumetre
D'avé sei desir acoumpli ?
Quau póu dire : fara pa 'n pli
Moun afaire ? Pèr se soumetre
Ei lèi que la glèiso a establi,
Ousèbi méte soun abi,
Se passo sei pu bellei braio,
Pièi, tout galoi, d'aise s'endraio
Encò de moussu lou curat.
L'atròvo lest a s'escura
Lou gourgarèu 'm'uno voulaio.
— Bounjour, moussu, vous sié douna,

LE FIANCÉ ET LE CURÉ

Eusèbe et la belle Nène — étaient très-amoureux.
— Ils voulaient se mettre à la chaîne — devant le
maire au mois de mai. — Ils avaient fait tous leurs
achats : — robes, dorures, linge fin, — coiffes de tulle,
de basin, — la corbeille était complète ; — rien n'y
manquait, et les parents — à tous les deux consen-
taient. —

Mais quel est celui qui peut se promettre — d'avoir
ses désirs accomplis ? — Qui peut dire : mon affaire
ne fera pas un pli ? — Pour se soumettre — aux lois
établies par l'Église, — Eusèbe met son habit, — passe
ses plus beaux pantalons, — puis, tout guilleret, s'a-
chemine doucement — chez monsieur le curé. — Il le
trouve prêt à se nettoyer — le gosier avec une vo-
laille. —

« Le bonjour, monsieur, vous soit donné, —.

Li fai lou jouvènt; vous derangi
Belèu?... Anavias dejuna... —
Pièi fai mino de s'enana.
Mai lou curat : — D'óu tèms que mangi
Un mouceloun, conto-me lèu
Coumo se fai que sies tant bèu.
Vendriés-ti m'envida 'tei nòço?...
Dison que te vos marida..
— Me va siéu mes dins la cabosso,
Moussu. Veniéu vous demanda
De nous publica, sènso empache,
Au pròne, dimenche matin.
En que bon mena tant long trin?
Fàu que l'afaire se despache
Au pu lèu. Quand sias decida
Vau jamai rèn de cagnarda.
— As bèn resoun, li fa lou prèire;
Mai davans tout nous faudra vèire
Se li aurié ges d'empachamen
Pèr vous douna lou sacramen.
M'an di que Neno es ta cousino...
D'ounte vèn vòsto parenta?
Maugrat ma bono voulounta
(De la glèiso es la diciplino)
S'erias trop proche, noun poudriéu
Vous marida au noum dou bon Diéu.
— Qùe me disès aqui?... De Neno
Siéu bèn lou bon cousin german...

lui dit le jeune homme ; je vous dérange — peut-
être ?.... Vous alliez déjeuner..... » — Puis il fait
mine de partir. —

Mais le curé : « Pendant que je mange — un petit
morceau, raconte-moi vite — comment il se fait que
tu es si beau. — Viendrais-tu m'inviter à tes noces ?....
on dit que tu veux te marier.... » —

« Je l'ai mis dans ma tête, — monsieur. Je venais
vous demander — de publier *nos bans*, sans faute, —
dimanche matin au prône. — A quoi bon mener si
long train ? — Il faut que l'affaire se dépêche — au
plus vite. Quand on est décidé — il ne vaut jamais rien
de cagnarder. » —

« Tu as bien raison, lui dit le prêtre, — mais avant
tout il nous faudra voir — s'il n'y aurait aucun empê-
chement — pour vous donner le sacrement. — On m'a
dit que Nène est ta cousine.... — D'où vient votre parenté ?.... — Malgré mon bon vouloir — (c'est la dis-
cipline de l'Église) — si vous étiez trop proches je ne
pourrais pas — vous marier au nom du bon Dieu. » —

« Que me dites-vous là ?.... De Nène —
je suis bien le bon cousin germain..... —

6

Sa maire, tanto Madaleno,
E moun paire èron dous enfant
De mei rèire... mai que póu faire
Nòsto parenta ?... Sian pas fraire !...
Aro que sian amouracha
Voudrias veni nous empacha ?...
Vous trufas de moun ignourènci...
Mai ai garda la souvenènci
Que nòste ajoun, mèste Tounin,
De sa femo èro lou cousin.
Pamens s'es bèn fa soun mariage...
Eri encaro dins moun bas iàge ;
Maugra 'cò m'en souvèni bèn.
— Lou tièu se póu faire tambèn ;
Mai fau óuteni la dispenso.
Sara 'no pichoto despenso...
Mai pòdes bèn la supourta.
Fau qu'escriéugui à nòste sant-Pairc...
Eu soulet te póu faire jaire
Sènso crime cme ta mita,
Bèn que fougués aparenta.
— Sabiéu bèn que se poudié faire,
E que vous trufavias de iéu.
Escrivès dounc, e s'cme gairc
Poudès tout arrenja, fès lèu !
Es pas gros ce que lou bèn rènde...
Pèr s'establi, croumpa tout nóu,
Sabès, moussu, que se despènde !...

sa mère, tante Madeleine, — et mon père étaient
deux enfants — de mes aïeux.... mais que peut faire
— notre parenté?.... Nous ne sommes pas frères ?...
— Maintenant que nous sommes amoureux — vous
voudriez venir nous empêcher?.... — Vous vous
moquez de mon ignorance.... — mais j'ai gardé le
souvenir — que notre adjoint, maître Tonin, — était le
cousin de sa femme. — — Pourtant son mariage s'est
bien fait.... — J'étais encore dans mon bas âge....
— malgré cela, je m'en souviens bien. » —

« Le tien peut se faire aussi ; — mais il faut obtenir
la dispense. — Ce sera une petite dépense... — Mais
tu peux bien la supporter. — Il faut que j'écrive à notre
Saint-Père... — Lui seul peut te faire coucher — sans
crime avec ta moitié, — bien que vous soyez parents. » —

« Je savais bien que cela pouvait se faire, — et
que vous vous moquiez de moi. — Ecrivez donc,
et si avec peu — vous pouvez tout arranger,
faites vite! — Ce que le bien rapporte n'est pas
lourd.... — Pour s'établir, acheter tout neuf, —
vous savez, monsieur, que l'on dépense!..... —

Maugra 'cò, se fau quauquei sóu,
Belèu lei trouvaren encaro. —
Mai lou curat : — Plan-plan! s'esgaro
Quau courre en luè de camina.
T'ai di que te poudrien douna
La dispenso; mai lou sant-Paire
A besoun de fòrso d'argènt.
Es pas pèr eu; es pèr sei fraire;
Fau qu'entretèngue fòrso gènt :
Cardinau, Evesque, canounge,
Armado de sourdat, de mounge...
Acò viéu pas, en verita,
Rèn que de fé, de santeta. .
Fau que se visque, e que lei panso
S'emplisson de bono pitanço.
Leis oufraudo dei pecadou
Entretènon leis àmo santo
Que prègon pèr lei paurei panto,
Pèr un bon endevenidou,
Sènso elei que sarié toun àmo?...
Anarié brula dins lei flàmo!...
Quau pregarié pèr tei parènt
Mort dins lou peca, dins lei lagno?
Quau preservarié, tei filagno
De la grèlo, dóu marrit tèms?... —
Tout acò 's bon; mai venguen vite
Au fin mot. Quant demandarias
Pèr moun mariage èstre licite?

Malgré cela, s'il faut quelques sous, — peut-être les
trouverons-nous encore. » —

Mais le curé : « Doucement! Celui qui court au lieu
de marcher s'égare. — Je t'ai dit qu'on pourrait te
donner — la dispense; mais le Saint-Père — a besoin
de beaucoup d'argent. — Ce n'est pas pour lui; c'est
pour ses frères; — il faut qu'il entretienne beaucoup
de monde : — cardinaux, évêques, chanoines, — armée
de soldats, de moines... — En vérité, cela ne vit pas
— rien que de foi, de sainteté... — Il faut qu'on vive,
et que les estomacs — se remplissent de bonne pi-
tance. — Les offrandes des pêcheurs — entretiennent
les âmes saintes — qui prient pour les pauvres paysans, — pour un bon avenir. — Sans elles, que serait
ton âme?... — Elle irait brûler dans les flammes!...
qui prierait pour tes parents — morts dans le péché,
dans les peines? — Qui préserverait tes vignes — de
la grêle, du mauvais temps?... » —

« Tout cela est bon; mais arrivons vite
— au fin mot. Combien demanderiez-vous —
pour que mon mariage fût permis? —

Digas-me, court, ce que voudrias.
— Mai vòli rèn, iéu, talantòri!
Es leis àmo dóu purgatòri
Que reclamon soun pagamen...
Iéu te demandi soulamen
Un cor repentènt de sei fauto,
Pèr que toun àmo, dins leis auto,
S'enaure un jour finalemen.
Siégues dous ei coumandamen
Se vos pas toumba dins la pauto.
— Vous remarciéu de bèn bon cor
De vòstei vut. Mai 'me leis àmo
Que nous devon tira dei flàmo
Voudriéu lèu me metre d'accord.
Veguen! Poudrias-ti pas me dire,
Sènso bourdeja, sènso rire,
Quant leis àmo demandaran?
— Meten que siégue milo fran,
Fa lou curat; acò 's pas gaire
Pèr sustenta lei paure fraire
Que pèr tu pregaran tout l'an,
Que faran crèisse teis enfant,
Que lei rendran poulit e sage,
Que benesiran toun mariage,
Que rendran ta femo... — Plan-plan!
Dis lou jouvènt, me fai pas fèsto
Que lei fraire meton lou nas
Dins moun bèn. Siéu qu'un talounas;

Dites-moi, net, ce que vous voudriez. » —

« Mais je ne veux rien, moi, bénet ! — Ce sont les
âmes du purgatoire — qui réclament leur paiement...
— Je te demande seulement — un cœur repentant de
ses fautes — pour que ton âme dans les hauteurs —
s'élève finalement un jour. — Sois docile aux comman-
dements — si tu ne veux pas tomber dans le bourbier. » —

« Je vous remercie de grand cœur — de vos vœux.
Mais avec les âmes — qui nous doivent tirer des
flammes — je voudrais vite me mettre d'accord. —
Voyons ! ne pourriez-vous pas me dire, — sans circon-
locution, sans rire, — ce que les âmes demande-
ront ? » —

« Mettons que ce soit mille francs, — dit le curé ;
cela n'est pas beaucoup — pour sustenter les pauvres
frères — qui prieront pour toi toute l'année, — qui
feront croître tes enfants, — qui les rendront sages et
gentils, — qui béniront ton mariage, — qui rendront
ta femme.... »

« Doucement ! — dit le jeune homme, il ne me
fait point fête — que les frères mettent le nez —
dans mon bien. Je ne suis qu'un nigaud ; —

Encaro aurai proun bono tèsto
Pèr faire a Neno, tout soulèt
De poulit e sage enfantet.
E pèr uno talo besougno
Demanderai pas milo fran!
Gramaci! Soun pas regardant!...
An! Veguen! Avès pas vergougno
De vouié d'un paure paisan
Pèr lou marida milo fran!
— Mai tambèn t'aflames trop vite.
Prenes fuè coumo un vièi gavèu.
As dins la tèsto un cascavèu...
Enfin vos que t'en fagon quite
Pèr cinq cènt fran?... Digo, marrias!
— Moussu, vau vous dire adessias
Se venès pas pu resounable.
Siéu pas encaro un gros coumtable...
Mai me sèmblo que cinq cent fran
Farien bèn ana moun meinage.
Sènso souci de l'endeman
Travaiariéu pèr l'èiretage
Que voudriéu leissa 'meis enfant.
'Me cinq cènt fran fariéu l'empèri
Sus moun marrit moucèu de bèn;
E sariéu pas tant gros arlèri
Pèr vous lou pòrge aquel argènt.
Se voulès n'en fini au pu vite,
Cresès-me, fasès-m'en lèu quite

encore aurai-je assez bonne tête — pour faire à Nène,
tout seul, — de gentils et sages enfants. — Et pour
pareille besogne — je ne demanderai pas mille francs !
— Merci ! ils ne sont pas difficiles ! — Allons ! Voyons !
N'avez-vous pas honte — d'exiger d'un pauvre paysan
— mille francs pour se marier !... »

« Mais aussi tu t'enflammes trop vite. —. Tu prends
f eu comme un vieux sarment. — Tu as dans la tête un
grelot... — Enfin veux-tu qu'on t'en fasse quitte —
— pour cinq cents francs ?... Dis, mauvais sujet ! » —

« Monsieur, je vais vous dire adieu — si vous ne
devenez pas plus raisonnable. — Je ne suis pas encore
un fort comptable... — mais il me semble que cinq
cents francs — feraient bien aller mon ménage. —
Sans souci du lendemain, — je travaillerais à l'héritage — que je voudrais laisser à mes enfants. —
Avec cinq cents francs je ferais l'impossible —
sur mon mauvais morceau de bien ; — et je ne se-
rais pas assez grand nigaud — pour vous le donner cet argent. — Si vous voulez en finir au plus
tôt, — croyez-moi, faites-m'en vite quitte —

Pèr vint fran. N'en bàï pas mai
Pèr me marida au mes de Mai.
— E bèn, va vau escriéure a Roumo...
Se lou Papo vóu, iéu tamben:
Mai sies gasta coumo uno poumo
Qu'aurié maca lou marrit tèm !
Proufitara pas toun espragno.
Dins lei souci 'me dins lei lagno
Viéuras ! Jamai saras countènt !...
— Escrivès ! E digas-li bèn,
Ei cardinau em' au Sant-Pèro,
Que, se demandon trop d'argènt,
Me passarai de sei preièro.
Moussu lou Maire es pas tant fier :
Pèr se cencha de sa taiolo
Me fara pas paga tant chier ;
Vuèjara pas ma deneirolo. —

Tant es que moussu lou curat
Escriéugué vo noun au Sant-Paire.
Mai, quouro agué 'n pau demoura,
Fagué dire, pèr lou sounaire,
Au jouvènt de se presenta,
Que soun mariage èro arresta.
Ansin se finisse l'afaire.

Neno li fagué quatre enfant
Sage, poulit e pas fenian.

pour vingt francs. Je n'en donne pas plus — pour
me marier au mois de mai. » —

« Eh ! bien, je vais l'écrire à Rome... — Si le Pape
veut, moi aussi. — Mais tu es gâté comme une pomme
— que le mauvais temps aurait meurtrie ! — Ton
épargne ne profitera pas !... — Dans les soucis et
dans les peines — tu vivras ! Jamais tu ne seras content !... » —

« Ecrivez ! et dites-leur bien, — aux cardinaux et au
Saint-Père, — que, s'ils demandent trop d'argent, — je
me passerai de leurs prières. — Monsieur le Maire
n'est pas si fier : — pour se ceindre de son écharpe —
il ne me fera pas payer si cher ; — il ne videra pas ma
bourse. » —

Tant il y a que monsieur le curé — écrivit ou non
au saint-père ; — mais lorsqu'il eût un peu attendu,
— il fit dire, par le sonneur, — au jeune homme de se
présenter, — son mariage étant arrêté. — Ainsi se
termina l'affaire. —

Nène lui fit quatre enfants — sages,
    gentils et point fainéants. —

L'espragno fagué mereviho :
Coumo lou dous mèu deis abiho
Creissé. Fin qu'au bout de vint an
Eron riche, urous ; e lou paire
Li disié : Noun vous fisés gaire
A ce que dis lou capelan.

— L'épargne fit merveille : — comme le doux miel
des abeilles — elle augmenta. Si bien qu'au bout de
vingt ans — ils étaient riches, heureux; et le père
— leur disait : « Ne vous fiez pas trop — à ce que
dit le prêtre. » —

A MOUSSU ***

En li mandan la Legèndo dóu Clar de Besso.

Antan la lengo prouvençàlo
Mai qu'àro avié estendu seis àlo.
Lei cansoun dei troubadour
Courrien dins toutei lei court;
E se n'es fougu de gaire
Que lòu lengage francés
Siégue pas neissu, pecaire!
Eici fau pas soun proucès;
Mai permetès-me de dire
— E d'eiçò n'en fau pas rire,
Car n'es que la vérita —
Que se lou lengage, en Franço,
De Lillo jusqu'a Triganço,
Prouvençau noun es resta
S'en fau que d'un *iota*.

S'a nòsto bello Prouvènço
Aquello glòri a manca,
Fau pas trop s'en óufusca,

A MONSIEUR ***

En lui envoyant la Légende du Lac de Besse.

Autrefois la langue provençale — plus qu'aujour-
d'hui avait étendu ses ailes. — Les chansons des troubadours — couraient dans toutes les cours; — et il
s'en est fallu de peu — que la langue française — ne
soit pas née, pauvrette ! — Je ne fais pas ici son procès ;
— mais permettez-moi de dire — (et il ne faut pas rire
de ceci, — car ce n'est que la vérité) — que si le langage en France, — de Lille jusqu'à Trigance, — n'est
pas resté provençal, — il ne s'en faut que d'un *iota*.

Si, à notre belle Provence, — cette gloire a manqué, — il ne faut pas trop s'en émouvoir, —
car elle peut fort bien aller sans *elle*. — Où est, dites-

Que póu fort bèn ana sènso.
Mount 'es, digas, la nacioun
Que mai que lou Gau-Liguro
Pourté luèn soun embicioun?
L'istòri nous v'asseguro :
Es éu qu'es ana pupla
La bello e fertilo Espagno
Après s'èstre descupla.
Dedins la fièro Alemagno
Se n'es ana permena.
Es esta renoumena
Lontèms pèr touto l'Asio ;
Sei counquisto l'an mena
Dedins touto l'Italio.
Es éu qu'es ana founda
Dóu *Latium* lou rèiaume...[1]
Mai bâsto ; demouren caume ;
Lou riau poudrié debourda.

Siéu agu 'n pau trop ardit.
Aviéu fourma lou prejit
Tout unimen de vous dire
Qu'aviéu escri 'n prouvençau
Quauquei vers, tant bèn que mau,
Mai d'eici vous vési rire...
Pamens, velci ! Tau que soun

---

(1) Espinchas la proumiero noto dòu cant sus la Prouvènço

moi, la nation — qui, plus que le Gallo-Ligurien — porta
loin son ambition ? — L'histoire nous l'assure : — c'est
lui qui est allé peupler — la belle et fertile Espagne —
après s'être décuplé. — Dans la fière Allemagne — il est
allé se promener. — Il a été renommé — longtemps
dans toute l'Asie ; — ses conquêtes l'ont conduit --
dans toute l'Italie. — C'est lui qui alla fonder — le
royaume du *Latium* [1]... — Mais assez ; restons calme ;
— la ruisseau pourrait déborder. —

J'ai été un peu trop prompt. — J'avais formé le projet
— de vous dire simplement — que j'avais écrit, en provençal, — tant bien que mal quelques vers. — Mais d'ici je
vous vois rire... — Cependant les voilà ! Tels qu'ils sont
— Je vous en fais la dédicace. — Vous n'y trou-
verez aucun vestige — de l'histoire des nations. —
Je n'ai pas tant d'ambition. — Je ne chante que le

(1) Voyez la première note du chant sur la Provence.

Vous n'en fau la dedicàço
Li atrouvares ges de tràço
De l'istòri dei nacioun.
N'en ai pas tant d'embicioun.
Iéu canti que de bevèndo,
De conte vo de legèndo.
Vau, pèr vous n'en dire uno, enfourca moun chivau.
Ni aurié que dirien Pegaso ;
Mai iéu méti ges de gazo
Sus rèn de tout ce que fau.

boire, — des contes ou des légendes. — Je vais, pour vous en dire une, enfourcher mon cheval. — D'aucuns diraient Pégase ; — mais je ne mets aucune gaze — sur rien de tout ce que je fais.

LOU CLAR DE BÈSSO[1]

LEGÈNDO

Vous vòli counta 'no cresènço
— Jamai n'en fauto l'ignourènço —
Que dins Bèsso, segur passavo, ei tèms encian,
Pèr vertadièro. Vuèi tant creserèu noun sian.
De Bèsso, vous dirai, l'impourtànço 's pas grando.
 Pamens la verita coumando
 — E fau jamai se n'escarta —
 De dire qu'es tout coumplanta
 De bellei vigno verdouleto
 Que s'estèndon jusqu'ei ribeto
 D'un clar a sa porto plaça,
 Mounte se vènon espassa
 Jouvènt e jouinèi chatouneto
 A la nèdo e sus de barqueto.
 Aquéu Clar, en realita,
 Presènto rèn de remarcable.
 L'endré noun a 'nca merita

(1) Capo de Cantoun de l'Arroundissamen de Brignolo (Var).

LE LAC DE BESSE[1]

LÉGENDE

Je veux vous conter une croyance — (l'ignorance
n'en manque jamais) — qui, dans Besse, passait sûre-
ment, dans les temps anciens, — pour véritable. Aujourd'hui nous ne sommes pas si crédules. — De Besse,
je vous dirai, l'importance n'est pas grande. — Cependant la vérité ordonne — (et il ne faut jamais s'en
écarter) — de dire qu'il est tout complanté — de belles
vignes verdoyantes — qui s'étendent jusqu'aux rives —
d'un lac placé à sa porte, — où viennent s'ébattre —
jeunes gens et jeunes filles — à la nage ou sur des
barques. — Ce lac, en réalité, — ne présente rien de
remarquable. — Le site n'a pas mérité encore —
(à ce que je crois) d'être chanté — par un poète digne de
mémoire. — Et cependant vous frémiriez d'horreur —
si vous pouviez connaître l'histoire — conservée dans

(1) Chef-lieu de canton de l'arrondissement de Brignolle (Var).

7.

— Ce que pensi — d'èstre canta
Pèr un troubaire memourable.
E pamens d'ourrour fernirias
Se poudias counèisse l'istòri
Counservado dins la memòri
Deis encian ; e jamai voudrias
Retourna sus aquéu ribage.
Estènt dedins aquéu vilage,
Me l'an dicho, un jour, l'an passa.
Dins ma memòri s'es escricho.
Escoutas-là, sara lèu dicho.
A milo an o quauqu'un deçà :

En l'an sièi cènt setanto un
Gaire après lou mes de jun,
— Se ma memòri 's pas fausso —
Un dimenche, jour dóu Segnour,
Aperaqui sus lou mièjour,
Au moument mounte lou prèire ausso
Lou calici pèr presenta
Soun cor au Dieu de bounta,
Lei mióulatié dou vilage
En bèn grando quantita,
Pièi de femo de tout iage,
Luègo d'ana s'aquita
Dei devés qu'un crestian sage
Déurié jamai rejita,
Dessus l'ièro s'óucupavon :

le souvenir — des vieillards ; et vous ne voudriez jamais
— retourner sur cette rive. — Etant dans ce village —
on me l'a racontée,. un jour, l'an passé. — Elle s'est
gravée dans ma mémoire.

— Ecoutez-la, elle sera bientôt dite. — Elle a mille
ans et quelques-uns de plus : —

En l'année six cent soixante et onze, — peu après le
mois de juin, — (si ma mémoire n'est pas en défaut)
— un dimanche, jour du Seigneur, — environ vers
midi, — au moment où le prêtre élève — le calice
pour offrir — son cœur au Dieu de bonté, — les
muletiers du village — en bien grand nombre, — puis
des femmes de tout âge, — au lieu d'aller s'acquitter
— des devoirs qu'un sage chrétien — ne de-
vrait jamais rejeter, — s'occupaient sur l'aire : —
les uns déliaient des gerbes, — d'autres tournaient la.

D'unei de garbo déliavon,
D'autre la paio viravon,
Quauqueis un de blad vanavon,
Lei fouit dins l'iróu petiavon,
E pièi lei chivau caucavon;
Se dis que toutei juravon
Qu'èro uno calamita!

Dins la glèiso pamens lei campano sounavon,
E lei voues deis encian a la vouto mountavon;
Là nau retentissié dóu cant de l'*hosannah*.
Lei mióulatié risien, dóu curat se trufavon;
Lei crid, lei juramen ei clocho se mesclavon;
Lei cop toumbavon drut; e lei chivau d'ana!

Lou cèu èro seren; lou souléu dardaiavo;
Lou vènt èro toumba; la calour sufoucavo;
Un nivoulas founça s'estendié, s'avançavo,
     E sus l'azur dóu cèu trancavo
     Tout carga d'elèitricita.
E pu fort que jamai lei juramen rounflavon,
Lei crid retentissien e lei chivau viravon.
Un brandi de demoun — tant bèn turbihounavon —
     S'en sarié pas mies aquita.

     Enfin la nivo se duèrbe...
     De fuè, d'aigo l'iróu cuèrbe,
     Pèr counfoundre l'empieta.

paille, — quelques-uns vannaient du blé ; — les fouets
claquaient dans l'airée, — et puis les chevaux foulaient ;
— on dit que tous juraient — que c'était une calamité ! —

Dans l'église pourtant les cloches sonnaient, — et les
voix des vieillards montaient à la voûte ; — la nef re-
tentissait du chant de l'*Hosannah*. — Les muletiers
riaient, se moquaient du curé ; — les cris, les jurements
se mêlaient aux cloches ; — les coups tombaient drus ;
et les chevaux d'aller ! —

Le ciel était serein ; le soleil dardait ses rayons ; —
le vent était tombé ; la chaleur était suffoquante ; —
un nuage sombre s'étendait, avançait, — et tranchait
sur l'azur du ciel — tout chargé d'électricité. — Et plus
fort que jamais ronflaient les jurons, — retentissaient
les cris et tournaient les chevaux. — Un rondeau de
démons (ils tourbillonnaient si bien) — ne s'en serait
pas mieux acquitté. —

Enfin le nuage se déchire..... — de feu, d'eau,
couvre l'airée, — pour confondre l'impiété. —

Orre, sublime espetacle!...
L'óurige descadena
Chaplo, estroupo tout oustacle !
Chivau, gent, paio, blad, tout s'atrovo entreina !...

A la fin tout s'esfaço :
De l'aigo la surfaço
Presènto plus la traço
De garbo ni de blad.
Tout a dispareissu : chivau 'me jouinèi fiho,
Ome lussurious et jouvènt de famiho,
Tout dins lou toumple a davala !...

Pièi tout s'es esclara. Subran, la pluèio cèsso ;
Lou nivoulas dóu cèu escurcis plus l'azur ;
Tout es redevengu tranquile entour de Bèsso.
Dins la glèiso lou cant a pas agu de cèsso.
Lóu cèu es redevengu pur.

Mai de l'ièro jamai leis aigo s'enaneron.
Un clar se li 's fourna. Aquelei que vougueron
N'en sounda lou founs noun pousqueron
Senti la soundo s'arresta ;
E despièi es ansin resta.

Aro enca se, dóu tèms deis ièro,
Vous enanavias permena
Sus aquéu ribage damna,

Horrible, sublime spectacle !... — L'orage déchaîné
— brise, renverse tout obstacle !... — Chevaux, per-
sonnes, paille, blé, tout se trouve entraîné !... —

A la fin tout s'efface : — la surface de l'eau — ne présente plus de vestige — de gerbe ni de blé. — Tout a
disparu : chevaux et jeunes filles, — hommes luxu-
rieux et jeunes gens de famille, — tout a été entraîné
dans le gouffre !... —

Puis tout s'est éclairci. La pluie cesse subitement ;
— le nuage n'obscurcit plus l'azur du ciel ; — tout
est redevenu tranquille autour de Besse. — Dans
l'église le chant n'a pas cessé. — Le ciel est redevenu
pur. —

Mais les eaux ne s'enfuirent jamais de l'airée. — Un
lac s'y est formé. Ceux qui voulurent — sonder sa profondeur ne purent point — sentir s'arrêter la sonde ; —
et depuis cela est resté ainsi. —

Maintenant encore si, du temps des aires,
— vous alliez promener — sur cette rive damnée,

Avès bello avé l'àmo fièro,
D'ourrour e de póu fernirias
Car, en escoutant, ausirias
Lei crid, lei juramen ourrible,
Lei cop de tounerro terrible,
Lou trot dei mióu e dei chivau,
Lou bru dei fouit... Oh! fai pas gau!...

— Aqui coumo se fai l'istòri :
Li a sèmpre 'n tas de talantòri
Qu'esplicon tout 'me d'invencioun.
Quand pòdon pas destria 'n proublèmo,
Lei bòrni fòrjon un sistème
Qu'es deis avugle la leiçoun.

— vous avez beau avoir l'âme forte, — vous frémiriez
d'horreur et de peur, — car, en écoutant, vous enten-
driez — les cris, les horribles jurements, — les terribles coups de tonnerre, — le trot des mulets et des
chevaux, — le bruit des fouets !... Oh! cela ne réjouit
pas !... —

— Voilà comment se fait l'histoire : — Il y a toujours
un tas d'imbéciles — qui expliquent tout avec des in-
ventions. — Lorsqu'ils ne peuvent pas résoudre un
problême, — les borgnes forgent un système — qui est
la leçon des aveugles. —

PARIS

L'aiglo, rèino deis èr, guèiro, avau dins la prado,
  Lou temide agneloun,
Pèr lou pòrge 'n pasturo a la fèro nisado
  De sei pichots aigloun !

Lou lèioun, au desert, 'me seis arpo terriblo,
  Sarro, ferouge, ardènt,
Lou cèrvi lagremous. De bado se regiblo,
  L'estrasso 'me sei dènt !

Mai quand, lou gavai plen, la nisado roupiho,
  L'aiglo, de soun roucas,
Lèisso tranquilamen paisse, sus leis Aupiho,
  L'avé dins lei blacas.

Emai quouro a plus fam, que de soun uè sauvage
  Lou fuè s'es amoussa,
Poudès atravessa dòu lèioun lou trevage...
  Vous leissara passa.

Mai sian pas au desert... Uno villo ufanouso
  Estalo a vòsteis uè,

PARIS

L'aigle, roi des airs, guette, là-bas dans la prairie,
— le timide agneau, — pour le donner en pâture à la
farouche nichée — de ses petits aiglons !

Le lion, au désert, avec ses griffes terribles, —
serre, farouche, ardent, — le cerf qui pleure. Vaine-
ment se redresse-t-il, — avec ses dents il le déchire!

Mais lorsque, l'estomac plein, la nichée dort, — l'aigle, de son rocher, — laisse tranquillement paître, sur
les Alpilles, — les troupeaux dans les yeuses.

De même, lorsqu'il n'a plus faim, que de son œil
sauvage — le feu s'est éteint, — vous pouver traverser
le domaine du lion... — il vous laissera passer.

Mais nous ne sommes pas au désert.......
une ville orgueilleuse — étale à vos yeux,

Eici bazar, palais... eila gueniho afrouso !...
    La clarta 'me la nuè !...

Noùn ! Sian pas au desert !... Aqui fraire 'me fraire
    S'agarrisson jamai.
Eici, ges de parènt ! Ges d'ami ! Leis afaire !...
    Leis afaire ! Pas mai ?...

Leis afaire !... Acò 's l'art d'engreissa sa coudeno
    En mousént soun vesin ;
De jouï sèns travai, d'amoussa, sènso peno,
    Uno fam sènso fin !

Eici 'n se saludant, en grimaçant lou rire,
    Lou mounde s'agarris !...
— Mai sian a *Tombouctou,* 'me lei mourou ? Vo pire ?...
    — Nàni ! Siam a Paris !...

— ici, bazars, palais... là d'affreuses guenilles !... —
La clarté et la nuit !...

Non ! Nous ne sommes pas au désert !... Là, frère
avec frère — ne s'attaquent jamais. — Ici, point de
parents ! point d'amis ! les affaires !... — Les affaires !
pas plus !...

Les affaires !... C'est l'art d'engraisser son cuir —
en trayant son voisin ; — de jouir sans travail, d'é-
teindre, sans peine, — une faim renaissante !...

Ici, en se saluant, en grimaçant le rire, — le monde
s'attaque !... — « Mais nous sommes à *Tombouctou,*
avec les nègres ? ou pire ? » — « Non ! Nous sommes
à Paris !... »

SOUNET

Counquistadou gigant envauta de flataire,
Oumbro grando e terriblo, eiçavau que cercas ?...
A fini vòste tèms... Aro poudrés plus faire
De champ nud, desavia, 'me nòstei fres bouscas.

Ingèni destrutour, pouderous massacraire,
Coumo d'èrso ferouno avès, sus lei roucas,
Aplati, dechira lei cors de vòstei fraire,
En poussant lei nacioun de sacas en sacas !...

L'ignourènt, qu'un uiau dins lou sourne esbarlugo,
Lou sourdat pivela, que la glòri pessugo,
Bràmon, espavanta : Oh ! qu'es grand ! Oh ! qu'es bèu !

Mai lou sage pesant l'encauso 'me prudènci,
E vesènt resplendi lou bèn que dins la sciènci,
Dis : Ah ! que l'aveni nous pàre d'un tau flèu !...

SONNET

Conquérants gigantesques entourés de flatteurs, —
ombres grandes et terribles, que cherchez-vous ici ? —
Votre temps a fini... Vous ne pouvez plus faire maintenant, — de nos frais bocages, des champs nus, dé-
vastés.

Génies destructeurs, massacreurs puissants, — comme
des vagues furieuses vous avez, sur les rochers, —
aplati, déchiré les corps de vos frères, — en poussant
les nations de choc en choc !...

L'ignorant, qu'un éclair dans les ténèbres ébouit, —
le soldat fasciné, que la gloire aiguillonne, — s'é-
crient épouvantés : Oh ! que c'est grand ! Oh ! que c'est
beau !

Mais le sage, pesant la cause avec prudence, —
et ne voyant resplendir le bien que dans la science,
— dit : Ah ! que l'avenir nous préserve d'un tel
fléau !...

LI A BATAIO E BATAIO

Se, dins uno countestacioun,
Dous bedigas, a cop de poun,
Vòlon arrenja soun afaire,
Lei gènt-d'armo istaran pas gaire
De lei traire 'n uno presoun.

Mai se dous rèi — se dison fraire ! —
An countèsto de quauque caire,
Lèu fan peteja lou canoun,
Lèvon d'òme 'n càde cantoun,
Lei fan chapla, paurei coudoun !
Pièi l'avéusage 's dins lei bòri !
Mai qu'es acò ? E damo Glòri !...

IL Y A BATAILLE ET BATAILLE

Si, dans une contestation, — deux imbéciles, à coups de poing, — veulent arranger leur affaire, — les gen-darmes tarderont peu — à les conduire dans une prison.

Mais si deux rois, (ils se disent frères!) — ont un démêlé de quelque côté, — vite ils font tonner le canon, — ils lèvent des hommes dans chaque recoin, — ils les font hacher, les pauvres nigauds! — Puis le veu-vage est dans les chaumières! — Mais qu'est cela? Et dame Gloire!...

LOU PAGHA

Tout es plounja dins lou silènci...
Lou mourou marcho 'me prudènci
Dins lou Serai... un glas de mort
Rènde toutei lei lengo muto...
Degun ris, charro vo disputo :
    Lou pacha dor !

Quand dor, lou tigre, dins lei broundo,
Lou tigroun jogo, sauto, boundo,
En jitant sei raugourunr au.
Subran lou tigre se deveio...
Pièi se viro, plego sei ceio ;
    Li fai pas mau.

Mai lou pacha?... E qu'es un tigre
Proche 'n tiran?... Degun es libre
Desouto sa dóuminacioun.
Malur en quau ris quouro éu plouro !...
Pèr quau lou deveio, sus l'ouro
    Li a lou courdoun !...

Mai sus l'auturo que denudo
Lou souléu tremounto... es vengudo

LE PACHA

Tout est plongé dans le silence... — le nègre marche prudemment — dans le sérail... un froid mortel — rend toutes les langues muettes... — Personne ne rit, ne parle ni ne dispute : — le pacha dort !

Quand le tigre dort dans les broussailles, — le jeune tigre joue, saute, bondit, — en jetant ses rauques rugissements. — Soudain le tigre s'éveille... — puis il se retourne, ferme ses paupières ; — il ne lui fait point mal.

Mais le pacha?... Et qu'est un tigre — auprès d'un tyran?... Personne n'est libre — sous sa domination. — Malheur à celui qui rit lorsqu'il pleure !... — Pour qui l'éveille, sur l'heure — il y a le cordon !...

Mais sur la hauteur qu'il dénude — le soleil passe...

La fresco aureto de la mar.
Lou mèstre a dubèrt sei parpèlo ;
D'un siéune de sa man apèlo
     L'esclau couàr :

« Arrivo, castrat! Dins la cambro,
« Abro la pipo au bouquin d'ambro,
« Vejo de prefum recerca ;
« D'a geinoun emplisse la tasso,
« Mounte l'or lou diamant enchasso,
     « De fin mouka.

« Vai!... Noun, rèsto!... Es empresounado
« La vièio mouresco enmascado
« Qu'aier me manqué de respèt?
« Counduse-l'au mut, cadenado,
« Pèr que li bàte la chamado
     « Souto lei pèd!... »

La fraiche brise de la mer est arrivée. — Le maître a
ouvert ses paupières ; — d'un signe de sa main, il
appelle — l'esclave couard :

« Arrive, eunuque ! Dans la chambre, — allume la
« pipe au bouquin d'ambre, — répands des parfums
« recherchés ; — à genoux, remplis la tasse, — où l'or
« enchasse le diamant, — de fin moka.

« Va !... Non, reste !... Est-elle emprisonnée — la
« vielle négresse ensorcelée — qui, hier, me manqua
« de respect ?... — Conduis-là, enchaînée, au muet,
« — pour qu'il lui batte le rappel — sous les pieds !...»

SUZOUN

I

Sıès bèn bello, au printèms, o ma Prouvènço bloundo!
　　　Eme tei milo flour,
Eme ta lindo mar, qu'au travès de seis oundo
　　　Se ves sa prefoundour !

Perèu va sies, pu tard, quand ta plano roussejo,
　　　Quand, dins tei champ daura,
Au boufa de l'aureto, eme souplesso oundejo
　　　Lou blad amadura !

Sies bello, subre-tout, quand tei pero jaunisson,
　　　Quand, souto sei pampas,
Lou rasin s'amaduro e que sei grapo emplisson
　　　Lei tino de tei mas !

Se lei flour, au printèms, te paron de jouinesso,
　　　Se te daures l'estiéu,
L'autouno t'a garda dóu souléu lei caresso
　　　Lei poutoun lei pu viéu.

SUZON

I

Tu es bien belle, au printemps, ô ma blonde Provence ! — avec tes mille fleurs, — avec ta mer transparente dont, à travers les ondes, — on voit le fond !
—

Tu l'es encore, plus tard, quand ta plaine jaunit, —
lorsque, dans tes champs dorés, — au souffle du
zéphir, avec souplesse ondoie — le blé mûr ! —

Tu es belle surtout quand tes poires jaunissent, —
quand, sous ses pampres, — le raisin mûrit, et que ses
grappes remplissent — les cuves de tes fermes ! —

Si les fleurs te parent de jeunesse au printemps, —
si tu te dores, l'été, — l'automne t'a gardé du soleil les
caresses, — les baisers les plus vifs. —

Ei rampau vernissa leis arange pendolon;
    Pourjès de gourbelin!
Plegon souto lou fais lei branco que tremolon
    A l'auro dóu matin.

Lou fru dóu mióugranié pren sa tencho brounsado
    Ei rai de toun soulèu;
E lei pero an jauni, de jus toutei gounflado :
    Lei piton leis aucèu.

Carrejas, enfantet ! Lei poumié, dins la prado,
    En renguièro entiéra,
S'espalancon; sa frucho, a poun amadurado,
    Póu pas mai espera.

E subre-tout partès, chatouno afestoulido!
    Pourtas de grand panié !
Soun peneco lei figo ; en aio ! a la culido !
    S'escrancon lei figuié !

Carrejas ! Carrejas ! Emplissès lei canisso
    Lèu ! Fasès-lei seca !
Lèu-lèu ! Despachas-vous ! Soun toutei cuiedisso.
    Anas pu vite enca !

Lei rasin soun madu ; lei tino lèsto ; en aio !
    A l'endùmi, jouvènt !

Les oranges pendent aux rameaux vernis; —
apportez des corbeilles ! — Les branches qui tremblent
à la brise du matin ploient sous le fardeau. —

Le fruit du grenadier prend sa teinte bronzée — aux
rayons de ton soleil ; — et les poires ont jauni toutes
gonflées de jus : — les oiseaux les becquettent. —

Charriez, enfants ! Les pommiers, dans la prairie,—
en rangées alignés, — se brisent ; leurs fruits, mûrs à
point, — ne peuvent attendre plus longtemps. —

Et surtout partez, jeunes filles réjouies ! — Portez
de grands paniers ! — Les figues sont flétries ; courage ! à la cueillette ! — Les figuiers se fendent ! —

Charriez ! Charriez ! Remplissez les claies ! — Vite !
faites-les sécher ! — Vite ! Dépêchez-vous ! Elles sont
toutes bonnes à cueillir. — Allez plus vite encore ! —

Les raisins sont mûrs ; les cuves prêtes ; courage ! — A la vendange, jeunes gens ! —

Ei gran negre e gounfla lou soulèu se miraio.
Proufiten dóu bèu tèm !

Fara bon festeja quand lou vin, dins lei bouto,
Sara bon a chourla.
Chourlaren, meis ami ; se metren a l'assousto
Ei mes ennivoula.

II

Un linde eissame de chatouno,
Lei bras nus, la poudeto 'n man,
S'envan risènt, s'envan cantant,
Culi lei rasin de l'autouno.
Leissés ges de rapugo arrié,
Jouinei chatouno amourousido,
Que lèu sarias enmoustousido,
Vo 'n bèu jouvènt vous beisarié.
Sabès qu'acó 's la penitènci
Que déu puni la negligènci ;
Menas de-reng ; ges de clemènci
Pèr qualo un age leissarié.
Vagon lei gaio charradisso,
E lou rire, e la cantadisso.
Enterin s'emplis lei panié.
Lèu soun veja dins de cournudo
Qu'emporton, 'me sei man vougnudo,
Au pressadou lei mióulatié.

Le soleil se mire aux grains noirs et gonflés. —
Profitons du beau temps ! —

Il fera bon fêter lorsque le vin, dans les tonneaux, —
sera bon à boire. — Nous boirons, mes amis ; nous nous
mettrons à l'abri — pendant les mois nuageux. —

II

Un frais essaim de jeunes filles, — les bras nus, la
serpette à la main, — s'en vont riant, s'en vont chan·
tant, — cueillir les raisins de l'automne. — Ne laissez
aucune grappe derrière *vous*, — jeunes filles amoureuses, — car vite vous seriez barbouillées de moût, —
ou un beau jeune homme vous embrasserait. — Vous
savez que c'est là le châtiment — qui doit punir la né-
gligence ; — cueillez à la file ; aucune clémence — pour
celle qui laisserait un grain. — Que les gaies cause-
ries aillent, — et le rire, et le chant. — Pendant ce
temps-là on remplit les papiers. — Vite ils sont
vidés dans des cornues — qu'emportent, avec leurs
mains ointes, — les muletiers au pressoir. —
Et les jeunes filles recommencent : —

E recoumençon lei chatouno :
— A tu, Mario ! — A tu, Moutouno !
— Noun s'emplis toun panié, Martoun ¡
— Vai s'emplira. Mai pren-te gardo !
Eilavau Vincèn te regardo...
Lèisses rèn, vo garo ei poutoun !
— Jano, tu que sies sa vesino,
Coumo vai la pauro Suzoun ?
— Se dis que virara d'esquino
Avans la fin de la sesoun !
— Pauro Suzoun ! Es bèn malauto !
Fai Marieto ; acó 's la fauto
De sei gènt. Amavo Peiret ;
Mai l'atrouveron laugeiret
Pèr leis escut. Peiret l'amavo,
E, quand se vegué refusa,
Em'un labut que s'alargavo
Partigué, li a quatre an passa.
Elo, la pauro enamourado,
Perdé lou rire, e, maucourado,
S'enanavo en demenissènt.
Sei bellei bouco riserello ;
Soun devengudo palinello ;
Sèmpre sounjo a soun bèu jouvènt.
— E d'éu, s'es ges agu de nòvo ?
— Jamai. M'an di qu'a Terro-Nòvo
S'es enava ; mai quau lou saup ?...
Belèu que leis èrso ferouno

« A toi, Marie ! — « A toi, Moutonne ! » —

« Marton, ton panier ne se remplit pas ! —

« Va, il s'emplira. Mais prends garde ! — Vincent te
guette là-bas... — Ne laisse rien, ou gare aux caresses ! »

« Jeanne, toi qui es sa voisine, — comment va la
pauvre Suzanne ? »

« On dit qu'elle tournera le dos — avant la fin de la
saison ! »

« Pauvre Suzon ! Elle est bien malade ! — dit Ma-
riette ; c'est la faute — de ses parents. Elle aimait
Pierre ; — mais ils le trouvèrent trop léger — quant
aux écus. Pierre l'aimait, — et, lorsqu'il se vit refusé, —
avec un bâtiment qui prenait le large, — il partit, il y
a quatre ans passés. — Elle, la pauvre énamourée, —
perdit le rire, et, découragée, — elle s'en allait en di-
minuant. — Ses belles lèvres rieuses — sont deve-
nues pâles ; — elle pense toujours à son beau jeune
homme. » —

« Et de lui, n'a-t-on eu aucune nouvelle ?

« Jamais. On m'a dit qu'à Terre-Neuve — il s'en est allé,
mais qui le sait ?... — Peut-être que les vagues furieuses
— que le vent de mer amoncelle — l'ont en-

Qùe l'auro de mar amoulouno
L'an aclapa dins sei ressaut...
Paure Peiret ! Pauro Suzeto !
Jamai sares nòvi, nouvieto !
Jamai plus vous rescountrarés !
Eu dei peissoun es la pasturo !
Elo, dóu cor la macaduro
Dóu cros là messo au ribeirés !
  — Pauro Suzoun ! Li a pas de dire,
Em' elo falié sèmpre rire.
Pèr la joio, pèr galeja,
Avié pas trouva sa parièro...
Pecaire ! Li fau plus sounja...
Mai quau ségue la maiourièro
Em'uno rapugo a la man ?...
Ai, Marieto, 's toun amant !
Courre, Mario ! Courre ! Courre !... ━
E Mario, de-vèrs lei roure,
Lampo, lampo coumo 'n uiau.
Mai Vincèn de proche la ségue.
Ai, ai ! Tout àro l'acousségue...
Hóu ! Dirias qu'acò li fa gau ;
Car, quouro ei roure es arrivado,
. Fa lou semblant d'èstre alassado,
E s'aplanto. Alor lou jouvènt
La sarro sus soun cor, l'embrasso :
  — Oh ! Marieto, t'ami bèn !...
  — Me bèises, Vincèn... noun siéu lasso !...

glouti dans leurs soubresauts.... — Pauvre Pierre !
Pauvre Suzon ! — Jamais vous ne serez fiancés ! —
Jamais plus vous ne vous rencontrerez ! — Il est la
pâture des poissons ! — Elle, la meurtrissure du cœur
— l'a mise au bord du cercueil ! »

« Pauvre Suzon ! Il n'y a pas à dire, — avec elle il fal-
lait rire toujours. — Pour la joie, pour plaisanter, —
elle n'avait pas trouvé sa pareille... — Hélas ! Il ne
faut plus y penser... — Mais qui suit la rangée des vignes
— avec une grappe à la main ?... — Ah ! Marie, c'est
ton amant !— Cours, Marie ! cours ! cours ! » —

Et Marie, vers les chênes, — fuit, fuit comme un
éclair. — Mais Vincent la suit de près. — Oh ! oh !
Tout à l'heure il l'atteint... — Bah ! On dirait que cela
lui fait plaisir ; — car, lorsqu'elle est arrivée aux chênes, — elle feint d'être lasse, — et s'arrête. Alors le
jeune homme — la serre sur son cœur, l'embrasse : —

« Oh ! Marie, je t'aime bien !... » —
« Tu m'embrasses, Vincent... je ne suis point fa-
tiguée !... » —

III

L'auro de mar boufo 'me rage.
L'uiau estrasso lou nivage.
Lou tron dins leis aire brounsis.
Leis èrso ferouno se dreisson,
Traucon de toumple, repareisson.
La mar, la mar fèro rugis !

Vès ! Lou Mistrau se descadeno !
Lou mistrau qu'en pertout sameno
L'esfrai, l'espavant e la mort !...
Pauro velo desendraiado
Sus la mar feroujo, enrabiado,
Oh ! Pousquesses arriva au port !...

Paurei chatouno ! Paurei maire !
Qu'avès d'enfant, qu'avès d'amaire
Sus lou bastimen, gemissès...
Plouras... mai leis èrso ferouno
Escouton maire ni chatouno...
Qu'orre uiau ! Que tron ! Ausissès !...

Lou lahut lucho e se regiblo.
Mai la bourrasco rounflo e siblo
Dins sei courdage en arc benda...

III

Le vent de mer souffle avec rage. — L'éclair déchire
la nue. — Le tonnerre gronde dans les airs. — Les vagues furieuses se dressent, — creusent des abîmes, re-
paraissent. — La mer, la mer sauvage rugit ! —

Voyez ! Le mistral se déchaîne ! — Le mistral qui
sème partout — l'effroi, l'épouvante et la mort !... —
Pauvre voile dévoyée — sur la mer farouche, rageuse,
— oh ! puisses-tu arriver au port !... —

Pauvres jeunes filles ! pauvres mères ! — qui avez
des enfants, qui avez des amoureux — sur le bâtiment,
vous gémissez... — vous pleurez... mais les vagues
furieuses — n'écoutent ni mères ni jeunes filles. — Quel
éclair ! Quel tonnerre ! Ecoutez !... —

Le sloop lutte et se défend. — Mais la bourrasque
roule et siffle — dans ses cordages tendus en arc... —

Ai, paure ! La vago se duèrbe !
S'amoulouno sus éu !... lou cuèrbe !...
Paure lahut ! s'es prefoundo !...

Ah ! Velou ! s'es sauva ! Trioumflo !...
Sus la vago que se regounflo
Se drèisso permèi lei nioulas...
Mai de vers lei rò dóu ribage
Lou vènt lou pousso... l'esquipage
Lucho em' ardour... mai es tant las !...

Es las ! e la mar en furio
Lou paure lahut desvario ;
A la vago 's abandouna....
Oh ! malhur ! sa maturo craco !
Soun armaturo se destraco !....
Póu plus fugi... es coundana !....

Mai noun !... quau quito lou ribage ?...
Dins uno barco, oh ! que courage !
Vincèn remo, lucho, fugis,
S'enarco contro la rafalo...
Mai lou paure lahut s'afalo...
E la mar de longo rugis !...

Pamens la barco aventurouso
Coupo leis èrso furiouso...
Dóu lahut s'aprocho... malur !

Ah ! Pauvre lui ! La vague s'ouvre ! — Elle s'amoncelle sur lui !... Elle le couvre !... — Pauvre sloop ! il
s'est englouti !... —

Oh ! Le voilà ! Il est sauvé ! Il triomphe !... — sur
la vague qni s'enfle de nouveau — il se dresse parmi
les nues... — Mais vers les rochers de la rive — le vent
le pousse... l'équipage — lutte avec ardeur... mais il
est si las !... —

Il est las ! et la vague en fureur — déroute le pauvre bàtiment. — Il est abandonné aux flots... — Oh !
Malheur ! sa màture craque !... — son armature se
détraque !... — Il ne peut plus fuir... Il est con-
damné !... —

Mais non !... Quel est celui qui quitte la rive ?... —
Dans une barque, oh ! quel courage ! — Vincent rame,
lutte, fuit, — se cabre contre la tempête... — mais le
pauvre sloop s'affale... — et la mer rugit toujours !... —

Pourtant la barque aventureuse — coupe les flots furieux... — Elle s'approche du bàtiment... Malheur !

La mar a chóusi sa vitìmo...
Sus l'èrso lou lahut s'encimo...
Pièi se duèrbe sus lou rò dur !...

E la nuè sourno estènd seis oumbro
Sus l'ourrour d'aquelo ouro soumbro...
L'auro countunio de gemi...
La vago desferlo 'me rage...
Eme l'uiau, sus lou ribage,
Se ves de càro qu'an blemi...

IV

L'endeman de la mar la ràbio èro abaucado.
Seis èrso douçamen s'estendien, alassado,
Sus la ribo tranquilo. Aurias jamai pensa,
En lou vesènt bressa plan-planet pèr l'aureto,
Que lou moustre pousquesse, em'uno imour enquieto,
     Dins soun toumple èstre trigoussa.

E pamens chasque flot sur la ribo racavo
Dóu paure bastimen quauco senistro éspavo :
Eici 'n courdage... eila de plancho... un òme mort !...
Paure marin ! Belèu lèisses uno coumpagno
Que pensaves revèire, après uno campagno,
     Quand, galoi, quitaves lou port !...

— La mer a choisi sa victime : — Le sloop se dresse
sur la vague... — puis se fend sur le roc dur !... —

Et la nuit ténébreuse étend ses ombres — sur l'horreur de cette sombre heure... — le vent continue à
gémir... — La vague déferle avec rage... — Avec l'é-
clair, sur la rive, — on voit des visages qui ont
blêmi... —

IV

Le lendemain la rage de la mer était apaisée. — Ses
vagues doucement s'étendaient, lasses, — sur la rive
tranquille. Vous n'auriez jamais pensé, — en le voyant
doucement bercé par la brise, — que le monstre pût,
avec une humeur inquiète, — être tracassé dans son
goulfre. —

Et cependant chaque flot vomissait sur la rive —
quelque sinistre épave du pauvre bâtiment : — ici un
cordage... là des planches... un homme mort !... —
Pauvre marin ! peut-être laisses-tu une compagne —
qu'après une campagne tu pensais revoir — quand tu
quittais le port, joyeux !... —

9.

De parènt, de curious la ribo s'es emplido :
Es un paire que plouro... uno espouso que crido...
Uno maire demando eis èrso soun enfant !...
Suzoun blèmo, l'uè se, sus Mario apuiado,
Mourènto, au ribeirés tambèn s'es endraiado...
    La pousso 'n pensamen brulant !

Cèrco permèi lei mort, la pauro chatouneto...
Em'un rire nervous, pièi, dis a Marieto :
— Lou sènti dins moun cor, Peiret me vèn cerca...
Moun mau tòco a sa fin. Vuèi sarai soun espouso...
Mai perquè ploures ?... Tè ! Regardo !... siéu urouso !...
    Aqui Peiret qu'a debarca !... —

Ero verai !... Peiret es aqui, sènso vido,
Sus la ribo coucha !... De la mar óumicido
Es esta 'no vitìmo... A soun cóu apoundu,
Un courdoun estacavo un long estui de vèire,
De ciro cacheta. Dedins dóu paure Pèire
    Lou testamen li èro escoundu.

L'escrit disiè : « Siéu riche, ai trouva 'no chabènço.
« Per espousa Suzoun me n'entourni 'n Prouvenço.
« Viéure sènso Suzoun me semblariè trop dur !
« S'un destin malurous m'aplanto dins moun viage,
« A Suzoun qu'àmi tant léissi moun èiretage.
    « Li voudriéu leissa lou bonur ! »

De parents, de curieux le rivage s'est rempli : —
c'est un père qui pleure... une épouse qui crie... —
Une mère demande aux flots son enfant !... — Suzon,
pâle, l'œil sec, appuyée sur Marie, — s'est aussi ache-
minée, mourante, vers le rivage... — Une pensée brûlante la pousse !—

Elle cherche parmi les morts, la pauvre jeune fille...
— puis elle dit à Marie avec un rire nerveux :—« Je le
sens dans mon cœur, Pierre vient me chercher... —
Mon mal touche à sa fin. Aujourd'hui je serai son
épouse... — Mais pourquoi pleures-tu ?... Tiens ! Re-
garde !... Je suis heureuse !... — Voilà Pierre qui a dé-
barqué !...» —

C'était vrai !... Pierre est là, sans vie, — couché sur la
rive !... De la mer homicide — il a été une victime...
Pendu à son cou, — un cordon attachait un long étui
de verre — cacheté de cire. Dedans du pauvre Pierre
— le testament était caché. —

L'écrit disait : « Je suis riche, j'ai trouvé une for-
« tune. — Je retourne en Provence pour épouser Suzon.
« — Vivre sans Suzon me paraîtrait trop dur ! — Si un
« destin malheureux m'arrête dans mon voyage, — je
« laisse mon héritage à Suzon que j'aime tant. — Je
« voudrais lui laisser le bonheur ! »

Suzoun sènso gemi, sènso ploura, mai palo,
Palo coumo la mort, sus soun Peiret davalo,
E pièi fai : — Marioun, qu'aquest moumen m'es dous!...
Vau parti 'me Peiret... pren moun bèn... Te lou bài...
Ploures pas, Marioun... vers lou bonur m'endraï !...
     Eme Vincèn fougués urous!... —

E sei bras maigrinèu envauton soun amaire...
Lou sarro sus soun cor... pièi, quand vengué sa maire
Per la querre... Suzoun, la pauro avié passa !
Coumo uno tèndro flour pèr lei vènt trigoussado
Se passis sus sa branco, ansin s'èro afeissado
     Suzoun, eme soun cor blessa !...

V

    L'an avié passa. De l'autouno
    Lei fru que lou souléu poutouno
    Emplissien l'aire de prefum.
    Deis auceloun lou dous ramage
    Esgaiavo lou fres bouscage,
E d'ou riau s'ausissié lou gai cascarelun.

    A travès lei longuei filagno,
    Brihanto dei plour de l'eigagno,
    Un eissame cascarelet
    De jouinei chàto au fin coursage,

Suzon, sans gémir, sans pleurer, mais pâle, — pâle
comme la mort, s'affaisse sur son Pierre, — et puis dit :
« Marie, que ce moment m'est doux !... — Je vais partir avec Pierre... prends mon bien... je te le donne...
— Ne pleure pas, Marie... je m'achemine vers le bonheur !... — Avec Vincent soyez heureux !... » —

Et ses bras amaigris entourent son amant... — Elle
le presse sur son cœur... puis, lorsque sa mère vint —
pour la chercher... Suzon, la pauvre, avait passé !...—
Comme une tendre fleur battue par les vents — se flétrit sur sa tige, ainsi s'était affaissée — Suzon, avec
son cœur blessé !... —

V

L'année avait passé. De l'automne — les fruits que
le soleil caresse — remplissaient l'air de parfum. — Le
doux ramage des oiseaux — égayait le frais bocage,
— et l'on entendait le gai clapotement du ruisseau. —

A travers les longues *filagnes*, — brillantes
des pleurs de la rosée, — un essaim bavard
— de jeunes filles au fin corsage —

E de jouvènt au dous lengage,
En risènt, en cantant, descendié dóu coulet.

Mai travesson lou cementèri :
Subran cèsso lou refoulèri :
Plus de rire, plus de cansoun.
Pièi lou nòvi 'me sa nouvieto,
Lou bèu Vincèn e Marieto,
Que se maridon vuèi, toumberon d'a geinoun.

Eron sus uno toumbo fresco
Que l'aureto de mar refresco,
Simplo toumbo de verd gazoun,
Lei nòvi, sei man enlaçado,
Empli de la memo pensado,
Plouravon dous jasènt : Peiret eme Suzoun !...

et de jeunes hommes au doux parler, — en riant, en chantant, descendait le coteau. —

Mais ils traversent le cimetière... — Soudain la joie cesse : — plus de rire, plus de chants. — Puis le fiancé et sa fiancée, — le beau Vincent et Marie, — qui se marient aujourd'hui, tombèrent à genoux. —

Ils étaient sur une tombe récente — que la brise de mer rafraîchit, — simple tombe de gazon vert. — Les fiancés, leurs mains enlacées, — remplis de la même pensée, — pleuraient deux gisants : Pierre et Suzon!... —

ODO

AU BON RÈI RENÉ

Qu'a óutengu uno mencioun ounourablo au concours de-z-Ais

(setèmbre 1864)

O douço Muso de Prouvènço,
Que lei ribo de la Durènço
Fasies, a tèms passa, restounti de lei cant,
Soustèn ma voues, pauro troubaire !
Pèr que iéu pòsqui eici retraire
Leis acioun d'un bon rèi, d'un paire,
Entlamo moun ardour, et douno-me lou vanc !

Qu'es aquelo douço figuro
Que luse eilalin e qu'empuro
Lou fuè sacra de l'art ? Que, sout' l'arnés guerrié,
Se moustro fièro e valourouso ?...
Veici l'epòco malurouso
Mounte Jano la courajouso
Pèr cousseja l'Anglés quito sei pradarié.

A vist, René, la Piéuceleto ;
E l'ardour de la chatouneto

ODE

AU BON ROI RENÉ

Qui a obtenu une mention honorable au concours d'Aix

(septembre 1864)

O douce Muse de Provence, — qui, les rives de la
Durance, — faisais jadis retentir de tes chants, —
soutiens ma voix, pauvre poète ! — Pour que je puisse
retracer ici — les actions d'un bon roi, d'un père, —
enflamme mon ardeur et donne-moi l'élan !

Quelle est cette douce figure — qui rayonne dans le
lointain, et qu'illumine — le feu sacré de l'art ? qui,
sous le harnais guerrier, — se montre fière et valeu-
reuse ?. . — Voici la malheureuse époque — où la
vaillante Jeanne — abandonne ses prairies pour chas-
ser l'Anglais. —

René a vu la Pucelle ; — et l'ardeur de la jeune fille

Enauro soun courage a l'autour dei pu grand.

A que vint an, mai d'un luchaire
Saup maneja l'acié traucaire.
Barbazan l'a pres pèr soun fraire...
Barbazan, vièi guerrié qu'a viscu dins lei camp !

Pièi vesès-lou dins lei batàio
Picant d'estò, chaplant de tàio,
Abandouna dei siéu, teni tèsto, soulet,
Ei fìer chìvalié de Bourgougno;
Se rèndre que quand de sa pougno
Toumbo lou ferre !... Ounto ! Vergougno !
Cinq an lei bourguignoun, a l'oumbro dei merlet,

Cinq an, pèr pres de soun courage,
Lou retènon dins l'esclavage !...
Mai soun cor supourté l'afrouso iniquita.
Quito l'espaso e pren la plumo ;
Soun esprit s'enauro e s'alumo...
Enfin sa nuè se desembrumo :
Sourté... a pres d'argènt croumpé sa liberta.

O Muso, dìgo lei batàio,
Comto lei vilo, lei muràio
Mounte l'Aragounes pèr éu fougué turta !
Digo sa marcho trioumflanto
Dins leis Abruzo ! O Muso, canto
Eme ta grando voues qu'espanto,

— élève son courage à la hauteur des plus grands. —
Il n'a que vingt ans, mais d'un lutteur — il sait manier
l'acier qui perce. — Barbazan l'a pris pour frère-
d'armes... — Barbazan, vieux guerrier qui a vécu dans
les camps ! —

Puis voyez-le dans les combats — frappant d'estoc et
de taille, — abandonné des siens, seul, tenir tête —
aux fiers chevaliers de Bourgogne ; — ne se rendre que
quand de son poing — le fer tombe !... Oh ! honte !
— Cinq ans les Bourguignons, à l'ombre des créneaux, —

Cinq ans, pour prix de sa valeur, — ils le retiennent
dans l'esclavage !... — Mais son cœur supporta l'af-
freuse iniquité. — Il laisse l'épée et prend la plume ;
— son esprit s'élève et s'illumine... — Enfin sa nuit
s'éclaircit : — Il sortit... à prix d'argent il acheta sa
liberté. —

O Muse, dis les batailles, — compte les villes, les forte-
resses, — où l'Aragonais fut heurté par lui ! — Dis sa
marche triomphante — dans les Abruzzes ! O Muse
chante, — avec ta grande voix qui étonne, —

Canto sa grand' valour, canto sa fermeta !

    Mai l'or de l'Aragoun s'escampo,
    E lou laugié sicilian rampo
Ei pèd de soun rivau. Alor la traïsoun
    Duèrbe lei porto... Dedins Naple
    Intro l'enemi... Oh ! que chaple
    N'en fagué René !... Mai l'oustacle
Ero trop grand... Alouro, a pouncho d'esperoun,

    Sus lou flot d'enemi qu'entàio
    Lanço soun chivau de batàio,
E se duèrbe un camin dins lou san !... Tau, d'un bound
    Proumt et rabin, dessus la troupo
    Que l'envauto, que l'agouloupo,
    Furoun, s'abrivo, escarcho, estroupo,
E se repais de san lou terrible leioun !

    O ma muso, àro fai calàmo ;
    Abauco lou fuè que t'aflàmo ;
As proun canta la guèrro e seis atroucita !
    Lèisso aqui ta masclo troumpeto ;
    Pren ta zambougno, e sus l'aureto
    Aduse-nous ta cansouneto ;
Canto-nous de René lei talènt, la bounta !

    De la barbarié souloumbrouso
    Lèi e coustumo desastrouso

chante sa grande valeur, chante sa fermeté ! —

Mais l'or de l'Aragon s'éparpille, — et le léger Sicilien rampe — aux pieds de son rival. Alors la trahison — ouvre les portes... Dans Naples — l'ennemi entre... Oh ! quel massacre — en fit Réné ! Mais l'obstacle — était trop grand... Alors, à coups d'éperons, —

Sur le flot d'ennemis qu'il entame, — il lance son cheval de bataille, — et s'ouvre un chemin dans le sang !... Tel d'un bond — prompt et colère, sur la troupe — qui l'entoure, qui le presse, — furieux, s'élance, déchire, renverse, — et se repaît de sang le lion terrible ! —

O ma muse, maintenant calme-toi ; — apaise le feu qui t'enflamme ; — tu as assez chanté la guerre et ses atrocités ! — Laisse là ta mâle trompette ; — prends ta lyre, et sur la brise — apporte-nous ta chanson ; — chante-nous les talents, la bonté de René ! —

De la sombre barbarie — lois et coutumes désastreuses

Tènon lou pople esclau d'arbitràri esmougu !
　　René lei revés, leis arenjo ;
　　Sus, l'ourfanèu soun cor se penjo ;
　　Lou mounde li déu sei lausenjo !
La véuso, pèr sei suèn, ves sei dre mantengu.

　　Pièi vesès la nacioun jusiouso
　　Que nous adus — causo preciouso ! —
Lou coumèrço, qu'un jour ligara lei nacioun.
　　Pìhado, aïdo, coussejado,
　　Vesès-la pertout eisecrado,
　　De toutei lei mau acusado,
Pèr l'ignourènt qu'avuglo 'n prejuja furoun.

　　René, pèr quau li a ges de causo
　　Que rèste endiferènto o clauso,
Jito sus lei jusiou soun regard pieladous :
　　Leis aparo de la malìci ;
　　Li douno pertout l'eisercìci
　　Dóu coumèrço, e dei sacrifìci
Qu'a leissa dins sei mour un passa religious.

　　Vergougno a nautre ! Nôsto epòco
　　Que, esturto, dóu passa se mòco,
E cres de la Resoun ségre lou dre camin,
　　Que s'apenso èstre esmancipado
　　Dóu prejuja, e qu'abramado,
　　Se dìs au creiroungo escapado

— tiennent le peuple esclave ému d'arbitraire! —
René les revoit, les refond; — son cœur se penche
sur l'orphelin; — le monde lui doit ses louanges! —
Par ses soins, la veuve voit ses droits maintenus. —

Puis, voyez la nation juive — qui nous apporte (chose
précieuse !)— le commerce qui liera un jour les nations.
— Pillée, haïe, pourchassée, — voyez-la exécrée partout, — accusée de tous les maux, — par l'ignorant
qu'aveugle un féroce préjugé. —

René, pour qui nulle chose — ne reste indifférente
ou cachée, — jette sur les juifs son regard rempli de
pitié : — il les garantit de la méchanceté ; — il leur
donne partout l'exercice — du commerce, et des sa-
crifices — qu'un passé religieux a laissés dans leurs
mœurs. —

Honte à nous! Notre époque — qui, insensée, se
moque du passé, — et croit suivre le droit chemin de la
Raison; — qui pense s'être émancipée du préjugé, et
qui, avide, — se dit échappée à la crédulité —

Despièi qu'a remplaça pèr l'Or sei Diéu d'alin;

Coumo leis epòco barbaro
La nòstro a pas coumpres encaro
La liberta de l'òme a crèire o creire pas :
Eici 'n bourrèu brulo lei libre
D'un franc-pensaire... un pople libre,
Eila, sènte coumo 'n jalibre
L'esprit de coumpressioun que treboulo sa pas !

E li a quatre fes cènt annado
Que — riche fru de la pensado! —
Maugrat sa fe prefoundo e lei mour de soun tèm,
René 'me sa raro prudènço
Fasié senti sa benfasènço
Ei Jusiéu renegaire!... Sènso
Lou libre pensamen, l'òme, sus terro, es rèn!...

Mai mounte vau ? O Muso amado,
Digo sa vido courounado
Pèr lou malur! Esclau enco dóu Bourguignoun,
Sei pople lèu-lèu se coutison
Pèr soun redem ; sei còfre emplisson...
Mai ni a d'autre qu'em'éu patisson...
E vòu pas èstre libre avant sei coumpagnoun !...

Quau dira toutei lei lagremo
Que soun cor, que lou dóu segreno,

depuis qu'elle a remplacé par l'or ses Dieux d'autrefois ; —

Comme les époques barbares — la nôtre n'a pas encore compris — la liberté de l'homme à croire ou ne
croire pas : — Ici, un bourreau brûle les livres — d'un
libre-penseur... un peuple libre, — là-bas, sent, comme
un glaçon, — l'esprit de compression qui trouble sa
paix ! —

Et il y a quatre fois cent ans — que, (riche fruit de
la pensée !) — malgré sa foi profonde et les mœurs de
son époque, — René, avec sa rare prudence, — faisait
sentir sa bienfaisance — aux Juifs renieurs !... sans —
la libre-pensée, l'homme, sur terre, n'est rien !... —

Mais où vais-je ? O Muse aimée, — dis sa vie couronnée — par le malheur ! Esclave chez le Bourgui-
gnon, — vite ses peuples se cotisent — pour son rachat ;
remplissent ses coffres... — Mais d'autres souffrent
avec lui... — et il ne veut pas être libre avant ses com-
pagnons !... —

Qui dira toutes les larmes — que son
cœur, assombri par le deuil, —

                                                    10

A veja sus lei sièu ?... Dins la nuè soun plounja
    Sa femo e seis enfant, pecaire !
    Un reiaume se ves destraire,
    E de seis etat, pèr un fraire
— Se lou dison lei rèi ! — Se ves acousseja !

    Loui vounge ! d'aquén raubatòri
    Noun se lavara ta memòri !
De la Franço, es verai, prepares l'unita...
    Mai la traïsoun es óupròbre
    En Franço ! E jamai d'un coulòbre
    Li sara glourifica l'ôbre ! .
Traite ! Vaqui toun noun !... L'as trop bèn merita !

    Oh ! Destourno leis uè, ma Muso,
    D'aquén tablèu ! Jamai la ruso
Adugué sa brutìci au grànd cor de René !
    Franc, leiau coumo soun espaso,
    Visqué sènso cubri de gazo
    Seis àte ; e pièi, quouro l'agraso,
Lou mau, sa fermeta jamai l'abandouné.

    Dins sei moumen de malancòni,
    Dei Muso lei douço fanfòni
De sei rai assoulaire enclarejon sa nuè :
    Alor cànto, pinto, enlumino ;
    E dei rèi despausant l'eimino
    Dins la pradello en flour camino

a versées sur les siens !... Dans la nuit sont plongés — sa femme et ses enfants, hélas! — Il se voit
enlever un royaume, — et de ses états, par un frère,
— (les rois se le disent!) il se voit chassé! —

Louis onze! de ce larcin — ta mémoire ne se lavera
pas! — Tu prépares, il est vrai, l'unité de la France...
— Mais la trahison est opprobre — en France! Et
jamais d'une couleuvre — l'œuvre n'y sera glorifiée!
— Traître! Voilà ton nom!... Tu l'as trop bien mérité! —

O ma Muse, détourne les yeux — de ce tableau! Jamais la ruse — n'apportera sa souillure au grand cœur
de René! — Franc, loyal comme son épée, — il vécut
sans couvrir de gaze — ses actes; et puis, lorsque s'ap-
pesantit sur lui — le mal, sa fermeté ne l'abandonna
jamais. —

Dans ses moments de mélancolie, — les douces
symphonies des Muses — éclairent sa nuit de
leurs rayons consolateurs : — alors il chante, il
peint, il enlumine; — et, déposant l'hermine des
rois, — il chemine dans les prés fleuris —

Eme Jano sa rèino, e s'ispiro a seis uè.

Ansin l'auristre e l'endoulible
Passon, furoun, mourtau, terrible,
E sus la terro, aprens aduson sei varai !
Empacho pas que, dins lei coumbo,
Au bord dei vàbre ounte reboumbo
Lou flot que de la nivo toumbo,
S'espandigou lei flour au dous souléu de mai.

Prouvènço ! tu que lou plouréres
Coumo un paire, e t'espandiguéres
Souto sa benfasènto e douço autourìta,
Canto lou guerrié, fier luchaire !
Canto lou rèi, galoi troubaire !
Canto Renè ! Canto toun paire !
Fai restounti soun noum dins la pousterita !

avec Jeanne sa reine, et s'inspire à ses yeux. —

Ainsi la tempête et le déluge — passent furieux, meurtriers, terribles, — et apportent leur trouble sur la terre fécondée ! — Cela n'empêche pas que, dans les vallons, — au bord des ravins où rebondit — le flot qui tombe de la nue, — les fleurs ne s'épanouissent au doux soleil de mai. —

Provence ! toi qui le pleuras — comme un père, et qui t'épanouis — sous son autorité douce et bienfaisante, — chante le guerrier, fier lutteur ! — chante le roi, gai troubadour ! — Chante René ! Chante ton père ! — Fais retentir son nom dans la postérité ! —

PLANG

PLAINTES

LA FLOUR DESSECADO

Pichoto flour dessecado
Qu'un jour Ano, a la vesprado,
Cuié, 'me sei det mignoun,
Pauro floureto passido,
Dóu bèu tèms de nòsto vido,
Se vos, charren un brigoun.

Sa man dins ma man pausado,
De sei det èros toumbado;
Courréri te remassa,
Sus moun cor t'aviéu plaçado...
Aqui te sies dessecado...
Parlo-me dóu tèms passa.

Eres fresco, èros quihado
Sus ta branco bèn fueiado ;
Iéu, n'avien pa 'nca, leis an,
Sus ma tèsto despueiado,
Leissa lei rego argentado
Que li traçon lei péu blan.

LA FLEUR DESSÉCHÉE

Petite fleur desséchée, — qu'un jour Anne, le soir, — cueillit avec ses doigts mignons, — pauvre fleur flétrie, — du beau temps de notre vie, — si tu veux, parlons un peu.

Sa main dans ma main posée, — tu étais tombée de ses doigts ; — je courus te ramasser. — Je t'avais placée sur mon cœur... — Là, tu t'es desséchée... — Parle-moi du temps passé.

Tu étais fraîche, tu étais droite — sur ta tige bien feuillée ; — moi, les années n'avaient pas encore, — sur ma tête dépouillée, — laissé les raies argentées — qu'y tracent les cheveux blancs.

Elo, au printèms de la vido,
Bello flour flame espandido,
Respendié soun dous prefum.
T'avié culi dins la prado...
Elo aussi l'an meissounado!...
Moun cor n'es plen d'amarun.

De vòsto jouinesso amado,
De ta courolo daurado.
De soun sourrire amourous,
A ma vido desaviado
Rèsto qu'uno flour fanado!...
Qu'un souveni doulourous!...

Oh! me rèsto mai!... me résto
Tres fresco, tres jouinei tèsto,
Sei bèu rejitun gaudit!
Que leis an li fagon fèsto!
Dins uno vido moudèsto,
Qu'urous poscon s'espandi'...

Elle, au printemps de la vie, — belle fleur fraiche
épanouie, — répandait son doux parfum. — Elle l'a-
vait cueillie dans la prairie... — Elle aussi on l'a mois-
sonnée!... — Mon cœur en est plein d'amertume.

De votre jeunesse aimée, — de ta corolle dorée, —
de son amoureux sourire, — à ma vie désolée, — il ne
reste qu'une fleur flétrie!... — Qu'un douloureux souvenir!...

Oh! il me reste davantage!... Il me reste — trois
fraiches, trois jeunes têtes, — ses beaux rejetons ré-
jouis! — Que les années leur fassent fête! — Dans une
modeste vie — qu'ils puissent s'épanouir heureux!...

SOUVENI DE TRES CROS

Aviéu dins moun jardin — de bàime emplissien l'aire —
    Siei flour qu'amàvi que-noun-sai.
Uno, flame espandido e bello, èro la maire,
    Lindo ròso dòu mes de mai.

Leis autro avien pa'nca dubèrt sei couleireto.
    Bellei boutoun tout prefuma,
Rougejavon a peno : uno sorre cadeto
    Ero encaro'n boutoun ferma.

Que suèn èron lei miéu ! D'amour leis envautàvi ;
    Aspiràvi soun dous prefum.
Lou pu pichoun nioulas m'esfraiavo ; tramblàvi
    Que li raubesse soun frescun.

Un jour... Oh ! jour fatau ! Oh ! tristo souvenènço !
    Un de mei boutoun passigué !...
Sènso avé esta malaut, dins sa bello creissènço,
    Dessus sa maire se plegué !

Coumo iéu l'ai ploura !... Mai quouro après intrado

SOUVENIR DE TROIS TOMBES

J'avais dans mon jard'n (de baume elles remplissaient l'air) — six fleurs que j'aimais extrêmement. —
Une, entièrement épanouie et belle, c'était la mère, —
fraiche rose du mois de mai.

Les autres n'avaient pas encore ouvert leurs colle-
rettes. — Beaux boutons tout parfumés, — ils rougis-
saient à peine ; une sœur cadette — était encore un
bouton clos.

Quels soins étaient les miens ! Je les entourais d'a-
mour ; — j'aspirais leur doux parfum. — Le plus petit
nuage m'effrayait ; je tremblais — qu'il ne leur ravit
leur fraîcheur.

Un jour.,. oh ! jour fatal ! Oh ! triste souvenir !... —
un de mes boutons se flétrit !... — Sans avoir été malade, dans sa belle venue, — il se ploya sur sa mère !...

Comme je l'ai pleuré !... Mais lorsqu'il a pris entrée

11

Lou dóu dedins un paure oustau,
Se póu plus enana... soun aleno èmpestado
Sameno a bel-èime lou mau !

Lou pichot boutounet ferma dins soun calici
Vegué pas lei rai dóu souléu !...
Pauro pichouno flour ! auries fa mei delici !...
Va pas vougu lou sort crudèu !...

E quauquei jour pu tard... Oh ! perquè pas m'estraire
De la vido, crudello mort ?...
Perqué, 'me seis enfant, m'as enca pres la maire...
La douço espouso de moun cor ?...

Oh ! s'èro pas lei tres que me rèston encaro,
Tres boutoun a mita espandi,
Que, dins ma sourno nuè, fan quauqueis ouro claro,
Pèr iêu lou jour sarié maudit !

Aro tout moun bonur es de lei vèire crèisse
San de cors, sage d'esperit.
Que trantraion jamai ! Qu'aprengon a counèisse,
A tria lou bon gran dóu marrit !

Au mitan dei doulour, dóu mau, de la misèro
Que vesi en partout samena,
Me sentiriéu urous s'a moun ouro darrièro
Lei vesiéu bèn acamina !

— le deuil, dans une pauvre maison, — il ne peut plus
s'en aller... son haleine empestée — sème à foison le
mal !

· Le petit bouton fermé dans son calice — ne vit pas
les rayons du soleil !... — Pauvre petite fleur ! tu auaris
"ait mes délices !... — Le sort cruel ne l'a pas voulu !...

Et quelques jours plus tard... Oh ! pourquoi ne pas
m'extraire — de la vie, cruelle mort ?... — Pourquoi,
avec ses enfants, m'as-tu encore pris la mère... — la
douce épouse de mon cœur ?...

Oh ! si ce n'était les trois qui me restent encore, —
trois boutons à moitié épanouis, — qui, dans ma sombre nuit, font quelques heures claires, — pour moi le
jour serait maudit !

Maintenant tout mon bonheur est de les voir gran-
dir, — sains de corps, sages d'esprit. — Qu'ils ne va-
cillent jamais ! Qu'ils apprennent à connaître, — à sé-
parer le bon grain du mauvais !

Au milieu des douleurs, du mal, de la misère, —
que je vois semés partout, — je me sentirais heureux
si, à ma dernière heure, — je les voyais bien ache-
minés !

LA DINDOULETO

Pauro pichoto dindouleto,
Que la pluèio pousso vèrs iéu,
Vèn te pausa dins ma chambreto;
L'aigo te bagno, e l'aire es viéu.

Te sies belèu trop pau pressado
Pèr parti. De l'ivèr catiéu
Es deja frejo l'alenado.
Vèn, te mesfises pas de iéu !

Me parlaras de moun terraire
Mount 'ères belèu l'an passa.
Digo, as bessai vist moun vièi paire,
E l'oustau mounte m'an bressa.

Belèu, mignoto, as vist la prado
Mount', enfant, me viéutavi, urous.
E belèu te sies miraiado
Au riau que coulo linde e dous.

Que sies urouso, dindouleto !

L'HIRONDELLE

Pauvre petite hirondelle. — que la pluie pousse vers moi, — viens te reposer dans ma chambre; — l'eau te mouille et l'air est vif.

Tu t'es peut-être trop peu pressée — de partir. Du dur hiver — l'haleine est déjà froide. — Viens, ne te méfie pas de moi !

Tu me parleras de mon pays — où tu étais peut-être l'an dernier. — Dis, tu as peut-être vu mon vieux père, — et la maison où l'on m'a bercé.

Peut-être, mignonne, as-tu vu la prairie — où, enfant, je me vautrais, heureux. — Et peut-être tu t'es mirée — au ruisseau qui coule limpide et doux.

Que tu es heureuse, hirondelle ! — Tu revois ton nid

Chasque printèms véses toun nis,
L'aigo ount 'as begu pichouneto,
Lou souléu que te rejouïs!

Iéu, luèn de ma bello Prouvènço,
Passi meis an ennévouli...
Oh! Gardo toun independènço,
E lou nis ount' as espeli.

Ai vougu tenta la fourtuno...
Ai pantaia glòri, bonur...
Ai basti 'n castèu dins la luno...
Ai rendu moun souléu escur!...

Quouro anarai respira l'aire
De moun païs!... Quouro veirai
La plaço mounte dor ma maire
De la som que finis jamai?...

Me quites... Souto la téulisso
As vist ta famiho a l'abri.
Vai lèu seca tei plumo lisso...
Lèisso-me soulet, triste, eigri!

Se repasses dins lou terraire
Dei mióugranié, de l'òli rous,
Dindouleto, digo a moun paire
Que tant luèn d'éu noun siéu urous!

chaque printemps, — l'eau où tu as bu toute petite,
— le soleil qui te réjouit !

Moi, loin de ma belle Provence, — je passe mes
années, soucieux... — Oh! garde ton indépendance !
— et le nid où tu es née.

J'ai voulu tenter la fortune... — J'ai rêvé gloire,
bonheur... — J'ai bâti un château dans la lune... —
J'ai rendu mon soleil obscur !...

Quand irai-je respirer l'air — de mon pays ?...
Quand verrai-je — la place où dort ma mère — du
sommeil qui ne finit jamais ?...

Tu me quittes... Sous le toit — tu as vu ta famille à
l'abri. — Va vite sécher tes plumes lisses... — Laisse-
moi seul, triste, aigri !

Si tu repasses dans le pays — des grenadiers, de
l'huile jaune, — hirondelle, dis à mon père — que, si
loin de lui, je ne suis pas heureux !...

Vai! Parte! Gagno toun refuge!
Pèr tu l'aire e la liberta!
Pèr tu lou bonur que me fuge!...
Lèisso-me!... Siéu l'aversita!!!...

Va ! Pars! gagne ton abri ! — Pour toi l'air et la liberté! — Pour toi le bonheur qui me fuit ! — Laisse-moi! je suis l'adversité!...

LOU PARPAIOUN

Vòlo, vòlo, bèu parpaioun
Qu'embaro alin lou turbihoun !

> La roso bello,
> Flour vierginello,
> Lèu s'espandis ;
> Pièi, dins l'eigagno
> Lindo, se bagno
> E s'enlusis.

Vòlo, vòlo, bèu parpaioun,
Qu'embaro alin lou turbihoun !

> La viouleto,
> Simplo floureto,
> Dins lou gazoun,
> Vèrs tu, paureto,
> Se viro, enquieto,
> Bèu parpaioun !

Vòlo, vòlo, bèu parpaioun,
Qu'embaro alin lou turbihoun !

LE PAPILLON

Vole, vole, beau papillon, — que le tourbillon em-
porte au loin ! —

La belle rose, — fleur virginale, — bientôt s'épa-
nouit; — puis dans la rosée, — transparente, se baigne
— et brille. —

Vole, vole, beau papillon, — que le tourbillon em-
porte au loin ! —

La violette, simple fleur, — dans le gazon, — vers
toi, la pauvre, — se tourne inquiète, — beau papillon ! —

Vole, vole, beau papillon, — que le tourbillon em-
porte au loin ! —

L'espesso mousso
S'ôfro a tu, douço,
Pièi lou boutoun
De la pervenjo
Vèrs tu se penjo,
Bèu parpaioun!

Vòlo, vòlo, bèu parpaioun,
Qu'embaro alin lou turbihoun!

La bergeireto,
Sèmpre couqueto,
Dins lou valoun,
Te pren la roso
Qu'eigagno arroso,
Bèu parpaioun!

Vòlo, vòlo, bèu parpaioun,
Qu'embaro alin lou turbihoun!

La bugadièro,
Que passo fièro,
Dis sa cansoun,
Quand la rafalo
Chaplo teis alo,
Bèu parpaioun!

La mousse épaisse — s'offre à toi, douce ; — puis le
bouton — de la pervenche — se penche vers toi, —
beau papillon ! —

Vole, vole, beau papillon, — que le tourbillon em-
porte au loin ! —

La jeune bergère — toujours coquette, — dans le
vallon, — te prend la rose — que la rosée baigne, —
beau papillon ! —

Vole, vole, beau papillon, — que le tourbillon em-
porte au loin ! —

La lessiveuse — qui passe fière, — dit sa chanson, —
quand la rafale — brise tes ailes, — beau papillon ! —

LA VIDO

Aviéu vint an ! Es lou bel iàge
Mounte de l'aveni l'imàge
Briho dei pu vivo coulour;
Vint an ! l'iàge ounte, riserello,
Lei pensado soun lindo e bello
Coumo de lindo e bellei flour.
Vint an! l'iàge ounte barluguejo
Coumo la flàmo dóu fougau,
Coumo uno meissoun que roussejo,
La glòri que fa tant de gau !
La glòri ei gauto rouginello,
A l'uè de flàmo, ei péu delia,
Que la jouinesso creserello
Ségue em'ardour, e que, crudello,
Rènd seis amourous estroupia !...
L'iàge mounte l'amour entreno
Lei garlando de milo flour
Que vènon daura sei cadeno...
E que passisson dins un jour !...
L'iàge mounte rèn nous esfraio;
Mounte l'on intro, enarquiha,

LA VIE

J'avais vingt ans ! C'est le bel âge — où l'image de l'avenir — brille des couleurs les plus vives; — Vingt ans ! l'âge où, rieuses, — les pensées sont pures et belles — comme de pures et belles fleurs. — Vingt ans ! l'âge où scintille comme la flamme du foyer, — comme une moisson qui jaunit, — la gloire qui fait tant envie ! — La gloire aux joues merveilles, — à l'œil de flamme, aux cheveux déliés, — que la crédule jeunesse — suit avec ardeur, et qui, la cruelle, — rend ses amoureux estropiés !.... — L'âge où l'amour tresse — les guirlandes de mille fleurs — qui viennent dorer ses chaînes... — et qui se flétrissent dans une journée !.... L'âge où rien ne nous effraie; — où l'on entre, fier, — dans le sentier faux et trompeur — où le buisson vous déchire, — d'où l'on sort entaillé !.... —

Dins la troumpuso e fausso dràio
Mounte l'espinas vous esràio,
De mounte l'on sort entaia !...

Aro ount 'as fugi, ma jouinesso ?...
Ounte sias, pantai de bonur ?...
Ounte sias, mei bellei mestresso ?...
Ounte sias, glòri, amour, caresso,
Aveni blu coumo l'azur ?...
Tout a fugi !... Tau lou ribage
Fugis darrié lou marinié.
Tau fugis lou laugié nivage...
Que rèsto äro a meis an dernié ?...

Glòri, bèuta, bonur, caresso,
Que fès pantaia la jouinesso,
Sias que songe troumpur e fau !
Mai après vèn l'esperiènci,
Rudo maire de damo scienci,
Qu'au vièiounge fai sèmpre gau !

Ansin, vesès, li a pèr tout iàge,
Jusqu'a la fin de nòste viàge,
Pluèio e bèu tèms, lagno e soulas.
Nòsto vido es ansin mesclado :
Après la gèu, l'escandihado ;
Après la joio vèn lei clas !...

Maintenant, ma jeunesse, où as-tu fui?.... — Où
êtes-vous, rêves de bonheur?.... — Mes belles maî-
tresses, où êtes-vous ?.... — Où êtes-vous, gloire,
amour, caresses, — avenir bleu comme l'azur?..... —
Tout a fui .... Telle la rive — fuit derrière le marin.
— Tel fuit le léger nuage... — Que reste-t-il maintenant
à mes dernières années ?.... —

Gloire, beauté, bonheur, caresses, — qui faites rêver
la jeunesse, — vous n'êtes que songes faux et trom-
peurs! — Mais après arrive l'expérience, — rude mère
de dame science, — qui fait toujours la joie de la
vieillesse! —

Ainsi, pour tout âge, il y a, vous voyez, — jusqu'à
la fin de notre voyage, — pluie et beau temps, peine
et plaisir. — Notre vie est ainsi mêlée: — Après la
gelée, l'éclaircie ; — après la joie viennent les
glas !.... —

POULIT PASSEROUNET

Passerounet, qu'emplissès lou bouscage
De cant nouviau, d'acord linde, amourous,
Pèr vous la vido a que de fres oumbrage,
E lòu souléu que de rai sèmpre dous.
Pèr vous lou riau d'aigo lindo s'aveno.
Dins lei campas pèr vous l'òme sameno.
Glenas pèr vous, pèr vòstei pichounet,
Sènso travai, sènso la mendro peno.
Que sias urous, poulit passerounet!

Quand la fre vèn, un trau dins la ramiho
Vous premunis contro lei géu, lou glas,
E vous tèn caud eme vòsto famiho ;
Pièi lou printèms vous adus lou soulas.
Se noun voulès afrounta lei jalado,
L'auro vous porto, 'n dos o tres voulado,
Vèrs lou souléu mount 'anas, laugeiret,
Vous rescaufa 'me sa douço alenado...
Que sias urous, poulit passerounet!

Que sias urous! Mai lou paure troubaire,
Quau lou soustèn ? Quau li porto secour,

JOLIS PETITS OISEAUX

Petits oiseaux, qui remplissez les bois — de chants
printanniers, d'accord purs, amoureux, — pour vous la
vie n'a que de frais ombrages, — et le soleil que des
rayons toujours doux. — Pour vous le ruisseau s'em-
plit d'eau claire. — Pour vous l'homme sème dans les
champs. — Vous glanez pour vous, pour vos petits, —
sans travail, sans la moindre peine. — Que vous êtes
heureux, jolis petits oiseaux! —

Lorsque arrive le froid, un trou dans la feuillée —
vous prémunit contre les gelées, la glace, — et vous
tient chauds avec votre famille ; — puis le printemps
vous apporte le bonheur. — Si vous ne voulez pas
affronter les gelées, — la brise vous porte, en deux ou
trois vols, — vers le soleil où vous allez, légers, —
vous réchauffer à sa douce haleine.... — Que vous êtes
heureux, jolis petits oiseaux ! —

Que vous êtes heureux! Mais le pauvre poëte,
— qui le soutient? Qui lui porte secours, —

Quouro s'enauro amound'aut, dins leis aire,
Pèr celebra la Naturo e l'Amour?...
Triste, doulènt, soulet, ségue sa draio...
S'a fam, s'a fre, se l'espino l'esraio,
Degun li dis : — Fumo moun fougueiret! —
Mai vous l'amas; soun èr noun vous esfraio...
Fougués nrous, poulit passerounet!

lorsqu'il s'élève en haut, dans les airs, — pour célébrer la Nature et l'Amour ?... — Triste, dolent, seul, il suit son chemin... — S'il a faim, s'il a froid, si l'épine le déchire, — personne ne lui dit : « Mon foyer fume ! » — Mais vous l'aimez ; son air ne vous effraie point.... — Soyez heureux, jolis petits oiseaux ! —

PLUÈIO D'IVER

Toumbo la pluèio...
Pas uno fuèio,
Pas uno gruèio
Pèr v'acata.
Gènto aucelio,
Dins la ramio,
Trèmpe, paurìo,
V'ausi piéula.

La soulciado,
L'escandihado,
S'es destacado
Dei plafoun blu.
Pauro, es partido
Amechoulido,
L'àmo marrido,
Sènso belu...

PLUIE D'HIVER

La pluie tombe.... — pas une feuille, — pas une
écorce — pour vous cacher. — Gentils oiseaux, — dans
les branches, — trempés, pauvrets, — je vous entends
crier.

La *soleillade,* — l'éclaircie — s'est détachée — des
plafonds bleus. — Pauvrette, elle est partie — ruisse-
lante, — l'âme navrée, — sans *jeter* un éclair....

Adiéu, cantado,
Adiéu, voulado,
Adiéu l'aubado
Au souléu d'or ;
Adiéu la joio,
L'àmo ravoio ;
Plus ges de voio,
D'amour au cor.

L'auro que siblo
Torse la piblo
Que se regiblo
E plego mai.
Adiéu la prado
Verdo, enflourado ;
Adiéu boufado
Dóu mes de Mai.

Coumo cliclelo
Vòsteis aleto
Baton souleto,
Redo de fres...
Quinto magagno,
Paure, vous gagno...
L'aigo vous bagno,
Fasès tres-tres.

Adieu le chant, — adieu les ébats, — adieu l'aubade
— au soleil d'or; — adieu la joie, — l'âme se-
reine; — plus d'entrain, — d'amour au cœur.

Le vent qui siffle — tord le peuplier — qui se re-
dresse — et plie encor. — Adieu la prairie — verte,
fleurie; — adieu, brise — du mois de mai.

Comme des cliquettes — vos ailes — battent seules,
— raides de froid.... — Quel découragement, — pauvrets, vous gagne!... — L'eau vous mouille, — vous
frissonnez.

Toumbo la pluèio...
Pas uno fuèio,
Pas uno gruèio
Pàr v'acata.
Gènto aucelio
Dins la ramio,
Trèmpe, paurìo,
V'ausi piéuta...

La pluie tombe.... — pas une feuille, — pas une
écorce — pour vous cacher. — Gentils oiseaux — dans
les branches, — trempés, pauvrets, — je vous entends
crier....

CHARRADISSO

CAUSERIES

ESPERIT E MATÈRI

A MOUSSU LOU MAJOR BREBION

Tout ce que toumbo sout' lei sen
Disès que s'apello matèri ;
Alor cerquen, sènso mistèri,
Mount 'es que l'esperit se tèn.

La sciènci nous dis que lei mounde
Puplon touto l'inmensita ;
Que, dins l'espàci balouta,
Li a de gaz, d'atome un abounde.

Mai se vòli de l'esperit
Esclarji lou curious proublème,
Sènso ges faire de sistème,
Mount 'es que vau lou descubri ?

Ai bello espincha lou nivage,
Cerca dins la founsour dóu cèu,
Noun li rescontri soun image ;
Jamai l'atrovi que dins iéu.

ESPRIT ET MATIÈRE

A MONSIEUR LE MAJOR BRÉBION

Tout ce qui tombe sous les sens — vous dites qu'on le nomme matière; — alors, sans mystère, cherchons — où se tient l'esprit.

La science nous dit que les mondes — peuplent l'immensité; — que, ballottés dans l'espace, — sont des gaz, des atomes à l'infini.

Mais si je veux de l'esprit — éclaircir le problême curieux, — sans faire aucun système, — où vais-je le découvrir?

J'ai beau sonder la nue, — chercher dans la profondeur du ciel, — je n'y rencontre pas son image; — je ne la trouve jamais qu'en moi.

Alor disi : de la matèri
L'esperit es la prouprieta,
Deis ourgano es lou resulta.
Vaqui, cresi, tout lou mistèri.

Alors je dis : de la matière — l'esprit est la pro-
priété, — il est le résultat des organes. — Voilà , je
crois, tout le mystère.

A MOUN OUNCLE E AMI

ADOFO GASQUET

Sus la luche pouetico soustengudo en villo d'At, lou 14 de setèmbre 1862,
e sus ce que m'aprenié dòu prefa que s'es douna lou Felibrige

N'en siéu tout esmougu, pecaire !
De ce que m'aprénes de nòu.
Sabiéu pas qu'aquelei cantaire
Dóu Prouvençau vouguesson faire
Reviéuda nòsto lengo maire
La tira de sout' soun lançóu.
Me n'es vengu la car de poulo !...
E que l Iéu, paure rimaiour,
Siéu ana barrula ma boulo
Dedins aquelo farandoulo
Mounte lei mèstre dóu Miéjour
Eron vengu touteis en foulo !...
Que me dises aqui, moun bèu ?...
Canti coumo 'n temide aucèu...
Mai fau la voues que regenèro
Pèr faire sourti de soun cros
La lengo qu'a perdu seis os

A MON ONCLE ET AMI

ADOLPHE GASQUET

Sur la lutte poétique soutenue dans la ville d'Apt, le 14 septembre 1862,

et sur ce qu'il m'apprenait de la tâche que s'est donnée le Félibrige

J'en suis tout ému, pauvre moi! — de ce que tu
m'apprends de nouveau. — Je ne savais pas que ces
chanteurs — du Provençal voulussent faire — revivre
notre mère langue, — la tirer de dessous son linceul. —
Il m'en est venu la chair de poule!.... — Et quoi! Moi,
pauvre rimeur, — je suis allé rouler ma tête — dans
cette farandole — où les maîtres du Midi — étaient
tous venus en foule!.... — Que me dit-tu là, mon
ami?.... — Je chante comme un oiseau timide.... —
Mais il faut la voix qui régénère — pour faire sortir de
son cercueil — la langue qui a perdu ses os — dans
cette cruelle guerre — que diligences, que wagons —
font, sans cesse, dans chaque recoin, — à notre mère
nourrice! — Et quoi! je me suis mis sur les rangs —

Dins aquelo crudello guèrro
Que diligènci, que vagoun
Fan, de longo, 'n cade cantoun,
A nòsto maire nourriguièro!
E que! Iéu me siéu mes en tièro
Pèr la remétre sus sei pèd!...
Va creiras — te siéu pas suspèt —
Quand te dirai que v'ignouravi.
Sabiéu pas qu'aqueleis assaut
— Assaut, va fau dire, qu'amavi —
Vouguesson — en que pantaiavi? —
Lou reviéure dóu Prouvençau.

Fau pamens — m'en dounes l'eisèmple,
Moun ami — se n'en counsoula.
Fau meme mies... a-n-aquéu tèmple
Qu'au Prouvençau vòlon dreissa,
Meten quauco pèiro de tàio.
Travaien dounc, rimen, limen!
Se sian pas au courounamen,
Auren fa 'n pau de la muràio.

pour la remettre sur ses pieds!.... — Tu le croiras (je
ne te suis pas suspect) — lorsque je te dirai que je
l'ignorais. — Je ne savais pas que ces assauts — (assauts, il faut le-dire, que j'aimais) — voulussent (à quoi
rêvai-je? — la renaissance du Provençal, —

Il faut cependant (tu m'en donnes l'exemple, — mon
ami,) s'en consoler. — Il faut même mieux.... à ce
temple — que l'on veut élever au Provençal, — mettons quelques pierres de taille. — Travaillons donc,
rimons, limons! — Si nous ne sommes pas au couron-
nement, — nous aurons fait un peu du mur.

AU MEME

Què me complimentavo sus moun abitacioun de Paris-Belloville

Din aquelo grando ciéuta
Mounte m'en siéu vengu piéuta,
Mounte tout passo : bru 'me glòri;
Ciéuta de fango, ciéuta d'or,
Mounte se desseco lou cor,
Noun ! li establirai pas ma bòri!

Ami lou larg ; àmi lou fru
Que se cuèie luèn, luèn dóu bru
Dei grandei villo pouderouso.
Fòro dei bos, fòro dei prat
D'aigo e de souléu abéura,
Ma vido sarié pas urouso.

Moun nis n'es qu'un ajoucadou
Qu'ai fa, luèn de moun terradou,
Pèr demoura quauquei passado.
Quouro plumo pèr s'enaura
E proun fòrço pèr s'apara
Aura ma pichoto nisado,

AU MÊME

Qui me complimentait sur mon habitation de Paris-Belleville

Dans cette grande cité — où je suis venu geindre, — où tout passe : bruit et gloire ; — cité de fange, cité d'or, — où le cœur se dessèche, — non ! je n'y établirai pas ma chaumière ! —

J'aime l'espace ; j'aime le fruit — que l'on cueille loin, loin du tracas — des grandes villes puissantes. — Hors des bois, hors des prés — abreuvés d'eau et de soleil, — ma vie ne serait pas heureuse. —

Mon nid n'est qu'un perchoir — que j'ai fait, loin de mon pays, — pour demeurer quelques instants. — Lorsque des plumes pour s'élever — et assez de force pour se défendre — aura ma petite nichée, —

Alor iéu bastirai moun nis
Proche d'un bos, dins un trehis
Envauta d'aigo e de verduro,
Dubèrt au souléu prouvençau,
Qu'en aquéu qu'es luèn fa tant gau!
A l'auro qu'adus la frescuro.

Car tout acó 's la liberta
Qu'àmi, e que vòli counquista!
La liberta, pertout egalo,
Que l'òme, simple e creserèu,
A leissa 'na, coumo l'aucèu
Que li an coupa lou bout deis alo!

Alors je bâtirai mon nid — près d'un bois, sous une
treille,—entouré d'eau et de verdure,—ouvert au soleil
provençal — qui fait tant envie à celui qui *en* est éloi-
gné! — à la brise qui apporte la fraîcheur.

Car tout cela c'est la liberté — que j'aime, et que je
veux conquérir! — la liberté, égale partout, — que
l'homme, simple et crédule, — a laissé aller, comme
l'oiseau — à qui on a coupé le bout des ailes! —

AU MEME

Sus de vèrs que m'avié manda

Toun mandadou, moun bon Adofo,
Tei galanto, tei fino estrofo
Esbarlugon moun esperit.
Siéu tout estourba de le vèire,
Jouine e galoi, garda lou crèire
Dei jouvènt sènso preterit.

Tu rìses coùmo Demoucrito,
Prenènt lou tèms coumo s'enva;
E iéu plouri coumo Heraclito...
Que vos, moun bon? Ansin siéu fa.
Ei duro espino de la vido
Se soun mei cambo ensaunousido;
Moun cors n'es blu, n'es dechira.
Tu, pu fòrto, mies preparado,
Ta naturo s'es rebufado,
E mies que iéu t'en sies tira.
Counsèrvo toustéms ta jouinesso :
Noun soun leis an que nous fan vièi.

AU MÊME

Sur des vers qu'il m'avait envoyés

Ton envoi, mon bon Adolphe, — tes strophes fines, galantes, — éblouissent mon esprit. — Je suis tout étonné de te voir, — jeune et gai, garder la croyance des jeunes gens sans passé. —

Tu ris comme Démocrite, — prenant le temps comme il s'en va ; — et moi je pleure comme Héraclite.... — Que veux-tu, mon bon ? je suis ainsi fait. — Aux dures épines de la vie — mes jambes se sont ensanglantées ; — mon corps en est bleu, en est déchiré. — Toi, plus forte, mieux préparée, — ta nature a regimbé, — et tu t'en es tiré mieux que moi. — Conserve toujours ta jeunesse : — Ce ne sont pas les années qui nous font vieux. — Moi, je ne puis, sans tristesse, — voir tout

Iéu noun pòdi senso tristesso
Vèire tout ce que se fa vuèi.
Noun pòdi crèire que l'audaço
Tendra sèmpre couchado e basso
La vertu, la simplicita.
Se lou prougrès noun es messorgo!
Noun! sèmpre sara pas, la morgo,
Au dessus de l'ounesteta.
Quand la sciènci, mai respendudo,
Prestara en toutei soun ajudo,
Li aura plus noble ni pacan.
Enfant na de la memo maire,
Leis òme saran toutèi fraire;
Li aura plus ges de cabridan.
Se li a 'nca d'aquelo vermìno
Es qu'ignourènci nous dóumìno :
L'ignourènci e la paureta
Soun fiho de la memo maire;
Ounte vesès uno, a soun caire
L'autro arribo pèr l'escourta.
Sa maire es la soto cresènço
Que nous méte a plat, d'a geinoun,
Davans un tas de fanfaroun
Qu'an rauba nóste independènco.

Urous quau póu dins la resoun
Vièure, e rire sènso façoun,
Couino tu, dei travès deis òme!

ce qui se fait aujourd'hui. — Je ne puis croire que
l'audace — tiendra toujours basse et couchée — la
vertu, la simplicité. — Si le progrès n'est pas un men-
songe, — non! la morgue ne sera pas toujours — au-
dessus de l'honnêteté. — Lorsque, plus répandue, la
science — prêtera son aide à tous, — il n'y aura plus
nobles ni manants. — Enfants nés de la même mère,
— les hommes seront tous frères; — il n'y aura plus
aucun frelon. — S'il y a encore de cette vermine, —
c'est que l'ignorance nous gouverne : — L'ignorance
et la pauvreté — sont filles de la même mère; — où
vous voyez l'une, à son côté — l'autre arrive pour l'es-
corter. — Leur mère est la sotte crédulité — qui nous
met à plat, à genoux, — devant un tas de fanfarons —
qui ont ravi notre indépendance. —

Heureux qui peut, dans la raison, — vivre, et rire
sans façon, — comme toi, des travers des hommes! —

13.

Pus urous quau póu samena
Lou bon gran, desencadena
Nòsteis uè, au cor metre un baume !

Iéu pòdi rèn que pregemi
Sus lou mau, e me souveni
D'un passa qu'es plen de tristesso :
Maire, femo, enfant, ni a deja
Que dins la nuè se soun plounja !
Aqui ce que fa ma vièiesso !

Mai me rèsto tres enfantet
Que me fan passa plan-planet
Leis ouro que me rèsto a viéure.
Que pòscon, sènso gansouia,
Sènso turta, sènso esquiha,
Jusqu'au founs dins lou vèire béure,
Sènso n'en rèn escampiha !
Que pòscon, dedins sei relai,
Metre de caire lou margai
E chóusi la bono granio !
Que pòscon sei cor s'espandi,
Seis esperit se devesti
D'ignourènci e de mioupìo !
Ansino, ami, sarai countènt.
Se toun amigueta me rèsto,
Au malur pòdi teni tèsto.
A rèn de mai moun cor pretènd.

Plus heureux celui qui peut semer — le bon grain,
dessiller — nos yeux, mettre un baume au cœur ! —

Moi, je ne puis rien que gémir — sur le mal, et me
rappeler — un passé qui est plein de tristesse : —
Mère, femme, enfants, il y en a déjà — qui se sont
plongés dans la nuit !.... — Voilà ce qui fait ma vieillesse ! —

Mais il me reste trois petits enfants — qui me font
doucement passer — les heures qu'il me reste à vivre.
— Qu'ils puissent, sans vaciller, — sans heurter, sans
glisser, — boire jusqu'au fond dans le verre — sans en
rien répandre ! — Qu'ils puissent, dans leurs relais, —
mettre l'ivraie de côté — et choisir le bon grain ! —
Que leurs cœurs puissent s'épanouir, — leurs esprits
se dépouiller — d'ignorance et de myopie ! — Ainsi,
ami, je serai content. — Si ton amitié me reste, —
je puis tenir tête au malheur. — Mon cœur ne prétend
à rien de plus. —

AU MÊME

Responso a sei vèrs

De tout tèms la filousoufìo
De l'àmo a retrais lei devés.
Mai qu'es l'àmo uno bono fés ?
De l'ourganisme es-ti la fìho ?
Vo bèn fou-ti crèire qu'un Diéu,
Prencìpi deis àstre e dóu cèu,
L'a juchado dins nòsto boulo !
Un tourdre, un lambert, uno poulo
An-ti d'àmo dins soun cervèu ?
Viéu-ti toustèms, vo soun cruvèu,
Quouro a fini sa farandoulo,
Que vèrs lou cadarau s'aboulo,
La tirasso-ti 'n bas em'éu ?

Aqui dessus lei filousofe
Se soun espurga mai que mai ;
E — v'as bèn di, moun bon Adofe —
Noun se soun mes d'acord jamai.
Sàbes perqué ? Damo Prudènci,
Amigo de damo Resoun,

AU MÊME

Réponse à ses vers

Dans tous les temps la philosophie — a retracé les
devoirs de l'âme. — Mais qu'est l'âme, une bonne fois?
— Est-elle fille de l'organisme? — ou bien faut-il
croire qu'un Dieu, — principe des astres et du ciel, —
l'a placée dans notre tête? — Une grive, un lézard,
une poule — ont-ils des âmes dans leur cerveau? —
Vit-elle toujours, ou sa coquille, — lorsqu'elle a fini sa
farandole, — qu'elle s'avance vers le charnier, — l'en-
traîne-t-elle en bas avec elle? —

Là-dessus les philosophes — ont ergoté tant et plus;
— et (mon bon Adolphe, tu l'as bien dit) — ils ne se
sont jamais mis d'accord. — Sais-tu pourquoi?
Dame Prudence, — amie de dame Raison[1], —

Vóu que damo Imaginacioun
Vàgue plan coumo damo Sciènci.
Mai es-ti 'nsin qu'a prouceda
La charruso Filousoufìo !
Avans de saupre a decida
De la bounta dei teourìo
Que la Resoun noun justifìo.

Mai es lou sort dei pensamen
Deis òme d'èstre raramen
Juste de proumièro voulado.
Es après la nuè que lou jour
Luse ; après lei milo countour
D'un long camin vèn la pausado.

Es pèr acò que devèn pas
Jita la pèiro en chasque pas
Sus toutei leis encian sistème.
Sènso leis esfors qu'an tenta
Lei savent de l'entiquita,
Pèr nòstei cervèu descrousta,
Sarian enca dins lou poustème.
La sciènci avié pas, de soun tèm,
Sounda dóu cèu lei grand mistèri ;
Couneissien pas de la matèri
Toutei lei prouprieta que tèn.
Mounte que sié que nòste uè sounde
Trovo l'enfinita dei mounde

veut que dame Imagination — aille doucement comme
dame Science. — Mais est-ce ainsi qu'a procédé — la
philosophie bavarde ? — Elle a décidé , avant de
savoir, — de la bonté des théories — que la Raison ne
justifie point. —

. Mais c'est le sort des pensées — des hommes d'être
rarement — justes du premier élan. — C'est après la
nuit que le jour — luit; après les mille détours — d'un
long chemin arrive la halte. —

C'est pour cela que nous ne devons point — jeter la
pierre à chaque pas — sur tous les anciens systèmes.
— Sans les efforts qu'ont tentés — les savants anciens
— pour désencroûter nos cerveaux — nous serions
encore dans le bourbier. — La science n'avait pas,
de leur temps, — sondé les grands mystères du ciel ;
— ils ne connaissent pas de la matière — toutes les
propriétés qu'elle possède. — Où que ce soit que sonde
notre œil — il trouve l'infinité des mondes — répandus
dans l'immensité. — Jamais la matière ne se repose : —

Respendu dins l'inmèncita.
Jamai la matèri se pauso :
De longo es efet, es encauso ;
Sa forço es dins l'afinita.
Fòro d'elo rèn se fa vèire
En que la resoun posque crèire :
L'àmo, l'esperit, la resoun
Soun que facóuta de nòste Estre;
Leis atome soun lci grand mèstre
Que fan tout pèr coumbinesoun.
La vido es pertout respendudo,
Car tout agis, planto, animau,
Jusqu'au mendre pichot caiau,
E la fourmo souleto mudo.
En van l'on voudrié separa
Esperit, vido, de matèri...
Mai aqui li a ges de mistèri
Que fougue crèire e revera.
Noun, l'àmo es pas ce qu'on apello
En filousoufìo entita ;
Dóu cors es uno qualita :
La founcioun inteleituello.
En tout soumesso a l'anìmau,
Souplo 'n tout ce que li fa gau,
Se l'animau sòfre elo sòfre ;
Se se destraco lou cervèu,
Elo se destimbourlo em 'eu ;
Grandis e mòre eme soun còfre.

sans cesse elle est cause, elle est effet ; — sa force est
dans l'affinité. — En dehors d'elle, on ne voit rien —
à quoi puisse croire la raison : — L'âme, l'esprit, la
raison — sont des facultés de notre Être ; — les atomes
sont les grands maîtres — dont la combinaison produit
tout. — La vie est partout répandue, — car tout agit,
plante, animal, — jusqu'à la moindre petite pierre —
et la forme seule change. — En vain voudrait-on sé-
parer — esprit, vie, de matière.... — Mais il n'y a là
aucun mystère — qu'il faille croire et révérer. — Non,
l'âme n'est pas ce qu'on nomme — en philosophie, en-
tité ; — c'est une qualité du corps : — la fonction intel-
lectuelle. — En tout soumise à l'animal, — docile à
tout ce qui lui convient, — si l'animal souffre, elle
souffre ; — si le cerveau se détraque, — elle se détraque
avec lui ; — elle grandit et meurt avec son corps. —

Aqui, moun bon, la verita
Que la sciènci vèn coustata.
Fòro d'aqui li a que cresènço
Qu'eme touto sa sufisènço
Sierve a rèn qu'a nous encrousta.

Ignourènt dei grandeis encauso
Que la sciènçi 'nous moustro vuèi,
L'òme vanitous, plen d'ourguèi.
Pèr esplica coumo la lauso,
Coumo la planto, l'animau
Se soun fourma, fier coumo un gau,
Digué : Li a 'n mèstre que dispauso
Dins l'univèrs de touto causo.
Tout vèn d'éu, l'òme e lou caiau ;
Es éu qu'a fa lou bèn, lou mau ;
Es éu que lanço la tempèsto,
Que fa, l'estiéu, sus nòsto tèsto,
Dardaia lei rai dóu souléu ;
Eu qu'alumo lei bè dóu cèu ;
Eu que sus nous autre dispenso
La punicioun, la recoumpenso.

Vuèi l'on pòu plus se countenta
D'aquelo scienci tant lèu facho.
Pèr respèndre la verita
Sciènci e Resoun an fa 'no pacho,
Pièi se soun enanado ensèn

Voilà, mon bon, la vérité — que vient constater la
science. — Hors de là il n'y a que crédulité — qui,
malgré sa suffisance, — ne sert à rien qu'à nous en-
croûter. —

Ignorant des grandes causes — que la science nous
montre aujourd'hui, — l'homme vain, orgueilleux, —
pour expliquer comment la pierre, — comment la plante,
l'animal — se sont formés, fier comme un coq, — dit :
Il y a un maître qui dispose — de toute chose dans
l'univers. — Tout vient de lui, l'homme et la pierre; —
c'est lui qui a fait le bien et le mal; — c'est lui qui
déchaîne la tempête, — qui fait sur nos têtes, l'été, —
darder les rayons du soleil; — c'est lui qui allume les
becs du ciel; — lui qui dispense sur nous — la puni-
tion et la récompense. —

Aujourd'hui on ne peut plus se contenter — d'une
science si tôt faite.— Pour répandre la vérité — Science
et Raison ont pactisé ensemble, — puis s'en sont allées

Desousta dóu founs de la tèrro
Lei temouin de toutei lei tèm.
Es ansin que, de bono guèrro,
An redut lei cresènço a rèn.
Mai se l'ignourènci es vincudo
Es pas morto encaro, s'en fóu.
E la verita, n'ai bèn póu,
Tant lèu noun se moustrara nudo.

Scienci e Resoun van douçamen,
Mai sa marcho 's assegurado;
E saran pièi finalamen
Em' aboudanci samenado.
Alor de toutei lei sautur
Que dóu mounde fan lou malur
La voues sara plus pouderouso;
Auran bèu boufa lou caléu,
Pertout lusira lou souléu,
Pertout sara, la vido, urouso.
Quouro vèn la sciènci s'envai,
Lou sot creirounge porto-esfrai,
La set, la fam e la misèro;
Degun counèis plus lou besoun;
Ce que gouverno 's la Resoun :
E sciènci eme Resoun soun frèro.

L'aubo lindo d'aquéu bèu jour
Luse eilalin dins la founsour,

— arracher des profondeurs de la terre — les témoins
de tous les temps. — C'est ainsi que, de bonne guerre,
— elles ont réduit les croyances à rien. — Mais si
l'ignorance est vaincue — il s'en faut qu'elle soit encore morte. — Et la vérité, j'en ai bien peur, — de si
tôt ne se montrera nue. —

Science et Raison vont doucement, — mais leur
marche est assurée ; — et elles seront enfin — semées
avec abondance. — Alors de tous les hâbleurs — qui
font le malheur du monde — la voix ne sera plus puis-
sante ; — ils auront beau souffler sur la lumière, —
partout le soleil luira, — partout la vie sera heureuse.
— Lorsque vient la science, s'en vont — la sotte crédulité porte-effroi, — la soif, la faim et la misère ; —
personne ne connaît plus le besoin ; — ce qui gouverne
c'est la Raison : — et Science et Raison sont sœurs. —

L'aube limpide de ce beau jour — luit
là-bas, dans la profondeur, — loin, bien loin

Luèn, bèn luèn de nòsto sournuro.
Mai tout vèn a moumen coumta :
La frucho 'n soun tèms s'amaduro ;
Ansin fara la Verita!...

de nos ténèbres. — Mais tout arrive à son heure :
— le fruit mûrit dans sa saison ; — ainsi fera la Vérité!....

DARRIÉ PARAULIS

Au même

Aier, paure ami, plen de jour,
Plen de vido, plen d'esperanço,
S'escrivian... mai la benuranço
Es bèn pròche de la doulour.

Es ansino, ami, que lou rire,
Sus la caro de l'enfantet,
Adus lei plour... un moumenet
De bonur fóu qu'en dóu se vire...

Aier parlavian, triste sort!
De vido e matèri eternalo...
Vuèi, coumo un lahut que s'afalo,
Sies vengu soumbra dins lou port!...

Triste es lou secarous ribage
Mounte trapejan, lagremous.
Tambèn, belèu, pèr èstre urous,
Dèu desìra la mort lou sage.

Qu'es la mort?... Es lou finimen
De la doulour, de la soufranço.

DERNIÈRE CAUSERIE

Au même

Hier, pauvre ami, pleins de jours, — pleins de vie, pleins d'espoir, — nous nous écrivions.... mais le bonheur — de la douleur est bien proche.

C'est ainsi, ami, que le rire, — sur le visage de l'enfant, — amène les pleurs.... un petit moment — de bonheur doit se changer en deuil....

Hier nous parlions, triste sort ! — de vie et matière éternelles.... — aujourd'hui, comme un esquif qui s'affale, — tu es venu sombrer dans le port !....

Triste est le rivage desséché — où , chagrins, nous marchons péniblement. — Aussi, peut-être, pour être heureux, — le sage doit-il désirer la mort.

Qu'est la mort?..... C'est la fin — de la douleur, de la souffrance. —

Mai es-ti tambèn l'esperanço,
Es-ti l'aubo d'un jour seren ?...

Se dis... mai sagesso reclamo
Que nous tenguen en que sabèn :
Sciènci déu èstre nòsto damo ;
D'elo vènon mouralo e bèn .

Mouralo e bèn !. . Mai la brulìci
Mounto jusquo dins lei courtiéu
Mounte s'adoro pamens Diéu...
Mai mounte noun se ves justici.

Tambèn lou mounde me fa 'scor,
E de-vèrs tu voudriéu me traire ;
Qu'ai agouta, paure troubaire,
Toutei lei larmo de moun cor.

De la vìsto de nòstei lagno
Urous quau s'es debarassa
En desbuiant so courto escagno
Sènso forso la matrassa !

A l'amigueta que l'envauto
Urous quau laisso de regret !...
Aqui, moun ami, toun secret ;
Sèmpre toun cor me fara fauto...

Mais est-elle aussi l'espoir, — est-elle l'aube d'un jour serein ?....

On le dit.... mais sagesse veut — que nous nous en tenions à ce que nous savons : — Science doit être notre dame; — d'elle viennent morale et bien.

Morale et bien!.... mais la fange — monte jusque dans les étages — où cependant on adore Dieu... — mais où on ne voit pas la justice.

Aussi le monde m'écœure, — et je voudrais aller vers toi; — car j'ai répandu, pauvre poète, — toutes les larmes de mon cœur.

De la vue de nos misères - heureux qui s'est débarrassé — en dévidant son court écheveau — sans trop l'abîmer !

A l'amitié qui l'entoure — heureux celui qui laisse des regrets!.... — C'est là ton secret, mon ami; — ton cœur me manquera toujours....

ENSIGNADOU

MESCLUN

TABLE

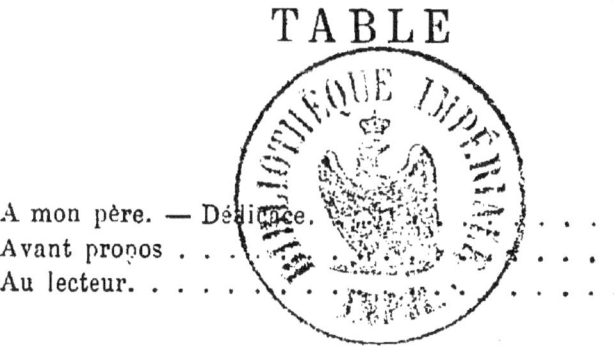

MÉLANGES

PLANG

CHARRADISSO

PLAINTES

CAUSERIES

Lagny. — Imp. de A. Varigault.

LAGNY. — IMP. DE A. VARIGAULT.

www.ingramcontent.com/pod-product-compliance
Lightning Source LLC
Chambersburg PA
CBHW070518030726
47503CB00004B/1302